一葉の肖像画

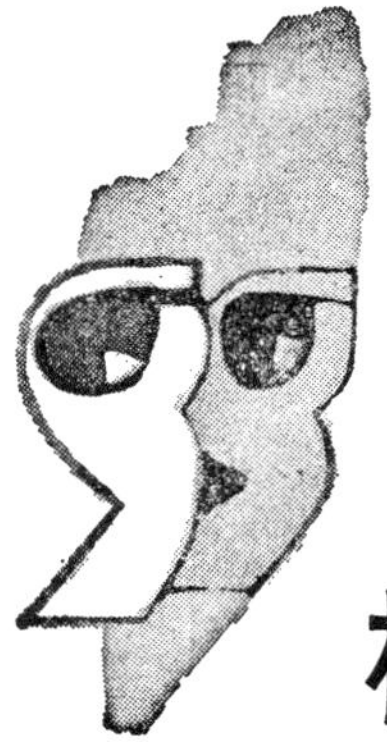

樋口一葉

●人と作品●

福田清人
小野芙紗子

Century Books
清水書院

原文引用の際，漢字については，
できるだけ当用漢字を使用した。

序

青春の季節に、いろいろな業績を残した、史上の人物の伝記、あるいは文学作品に触れることは、人間の精神形成に豊かなものを与えてくれる。

ことに、苦難をのりこえて美や真実を求めて生きた文学者の伝記は、強い感動をよぶものがあり、その作品の理解のためにも、大きな鍵を与えてくれるものである。

たまたま私は清水書院より、若い世代を対象とした近代作家の伝記及びその作品を解説する新鮮な「人と作品」叢書の企画の相談を受けた。

それで私の出講していた立教大学の主として大学院に席をおきながら、近代文学を専攻している諸君を、その執筆者として推薦することにした。

私も編者として各巻に名前を連ねることになった責任上、その原稿には眼を通した。

さてその中の一巻が、この「樋口一葉」である。執筆者、小野芙紗子君は、立教大学の大学院で近代文学を専攻して、一方、日本近代文学館等の仕事も手伝ったり、すこぶる活動的である。

一葉はもの心つくころから草双紙類を好み、やがて名門の貴女たちの多い中島塾に庶民の娘として入ったものの、すぐれた才能を示した。そのうち、兄や父や男手を失って、生活に苦しみながらも、初めは生活の手段からいつか純粋に文学に生きようと精進した。そして珠玉のような作品を残してくれた。そうした姿、師半井桃水への思慕等、小野君は女性の立場からでなければ描けないような点まで、よく一葉の内面深くに身をおいて、その生き方をとらえている。

またその代表的な作品に対して、その内容を紹介しながら、こまやかな鑑賞批判をこころみている。こうしてここに若い世代に対して、まことに手頃な一葉文学のみちびきの書をまとめてくれている。

福田清人

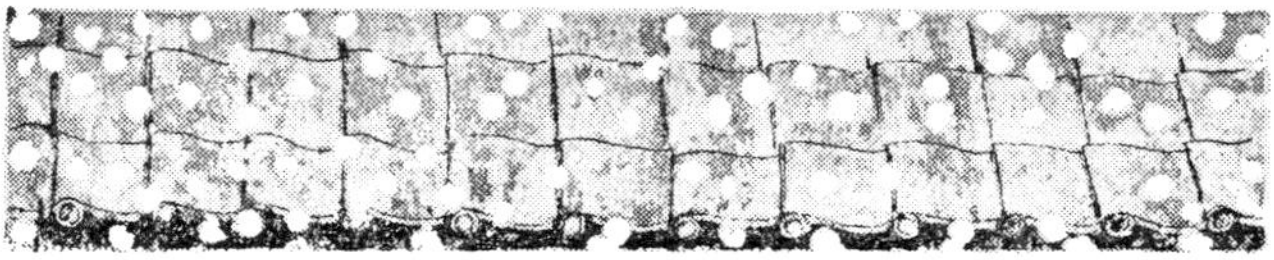

目次

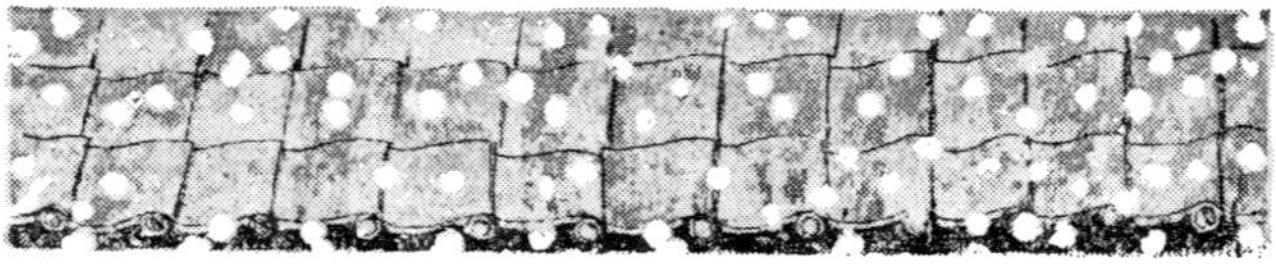

第一編

樋口一葉の生涯

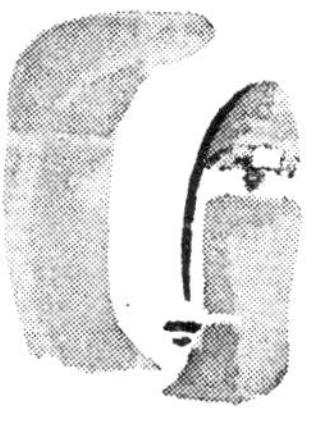

生い立ち

―父母と一葉の青春の日々―

「みたりける夢《ゆめ》の中《うち》には、おもふ事《こと》こゝろのまゝにいひもしつ。おもへること、さながら人《ひと》のしりつるなど嬉《うれ》しかりしを、さめぬれば、又《また》もや、うつせみのわれにかへりて、いふまじき事《こと》、かたりがたき次第など、さま〴〵ぞ有る。

しばし文机《ふづくえ》に頰《ほゝ》づえつきておもへば、誠《まこと》にわれは女成《をんななり》けるものを、何事《なにごと》のおもひありとて、そはなすべき事《こと》かは。」

名作「たけくらべ」「にごりえ」を書いて、明治の女流作家としてその名を不滅にした樋口一葉は、その名声とはうらはらに常におしひしがれた現実生活を送った人であった。明治という時代がそうした女の不幸を運命づけたのではあったけれど、一葉はその短い生涯の中で、女のいのちをみつめつづけ、人間の存在そのものにまで迫《せま》ろうとした稀有《けう》の作家である。それはそのまま明治の女の運命をたどりつつ自己解放の道をつきつつんでいった人間の道でもあった。

一葉の生涯は、はかないもろい、さびしいものであった。

一葉の生涯を思うたびに、私ははかない女のあわれさに胸ふさぐ思いであった。私だけではない、むくわれることのなかった幸薄い、つつましい明治の女、一葉の生涯にあわれをもよおさないものはないであろう。

思えば作家というものは、この世にあるかぎり、ある意味で最も残酷な運命を背負っているのではないだろうか。

彼女の死にいたるまでのさまざまな苦悩のうえに、そのきらめく灯《ともしび》としての作品が、生命《いのち》をかけた作品がはじめて出来上ったのだとすれば、そうして、そうした犠牲のうえにはじめて私たちは彼女の作品を遺産とすることができるのだとすれば、私たちも、生命ある限り、彼女が捧げてくれた生命《いのち》のあかしとして、彼女の生をみつめ、その文学を味わわなければいけないのではないか。

文学を鑑賞することが、その作品を創作することよりもやさしいのだとは、いえない。ある意味で鑑賞することは、その人にとって自分自身の中にその

大菩薩峠

作品を創作しなおすということでもあるのだから、私たちができる彼女に対する最上の追悼《ついとう》は、彼女の遺《のこ》した文学をそうして自分自身の中に創作しなおすこと、そうして彼女の生きた世界にもう一度私たちが生きることではないだろうか。

私は、そうしたことをしっかりと心にとめながら、一葉の生涯と作品にふれてみようと思う。彼女のはかないもろい実人生と、その代償としての輝かしい文学的な遺産とを、しっかりと見つめてみようと思う。

父・母

「我が養家は大藤村の中萩原とて、見わたす限りは天目山《てんもくざん》、大菩薩峠の山々峯々垣をつくりて、西南にそびゆる白妙の富士の嶺《ね》は、をしみて面《おも》かげを示めさねども、冬の雪おろしは遠慮なく身をきる寒さ、魚といひては

甲府まで五里の道を取りにやりて、やう〳〵鮪《まぐろ》の刺身が口に入る位……」（「ゆく雲」より）

一葉の父則義は、大菩薩峠に程近い甲斐国山梨郡中萩原村十郎原（現山梨県塩山市）のほぼ十石取りの百姓八左衛門の長男として、天保元年（一八三〇）十一月二十八日に生まれ、大吉と名づけられた。

父の八左衛門は詩や歌をよみ俳句をたしなむ才人で一方では、嘉永四年（一八五一）の水飢饉の際、水利権に関する不当な割当金に反対して代官所に訴願し、さらに中萩原村小前百姓百二十人の総代になって老中阿部伊勢守に直訴《じきそ》したりした反抗精神の持主でもあった。

大吉は、八左衛門の文学的資質を受けつぎその才能は豊かであったらしく「生来農を好まず、経書に心をよせ、同村なる浄土真宗法正寺の是証に修養す」と自らも記している。同村曹洞宗の古刹慈雲寺の白巌和尚に書法を学び俊敏の誉高《ほまれ》かったといわれている。農閑期に開かれるその寺小屋には、村の少年、少女たちが通ってきた。この少女たちの中に、あやめという地主格の古屋安兵衛の娘があり、家は、大吉の通う途中にあった。大吉は、この幼なじみのあやめと恋に落ちた。だが、古屋安兵衛にしてみれば反抗精神の旺盛な、家柄のあまりよくない青年大吉に、きりょう自慢の可愛いい娘を嫁にやるなどとんでもないことであった。しかし、あやめの実家の反対の目をかすめて、二人は、その恋をつらぬき、ついに妊娠八ヵ月の非常事態にまで至ってしまい、故郷を捨て江戸にはしった。大吉二十八歳、あやめ二十四歳の時である。

江戸に出た大吉は翌日さっそく郷里の先輩九段下の蕃書調所役宅の真下専之丞を頼っていった。そして大吉は調所の小使となり、あやめは、長女ふじを出産するとすぐ、里子に出し、自分は湯島三丁目旗本稲葉大膳へ乳母奉公に上ったのだった。この彼女の乳を飲んで育ったお姫様は、のち、没落して、貧窮をきわめたありさまで、『一葉日記』に登場し、「にごりえ」で源七夫婦の家のモデルにもなった稲葉鉱である。

こうして江戸に出奔《しゅっぽん》してきた大吉とあやめの二人は、江戸での野心をあふれる胸に秘めつつ新しい生活をはじめた。

作り上げた家柄

元治元年（一八六四）長男の泉太郎が生まれ、慶応二年（一八六六）次男の虎之助が生まれる頃には、大吉はすでに真下専之丞の下を離れ、八十之進と改名して一年ほど大阪にも勤め、さらに江戸にもどってから、神田佐久間町、勘定組頭菊池大助方に仕官、文久二年には公用人に抜擢《ばってき》された。

しかし八十之進は、故郷であった通り、身分は農民であって士族ではない。彼は何とかして士族になりたかった。江戸への出奔はほとんどそのための冒険であったといってもよい。こうして彼はその方法を先輩の真下専之丞にならい、一生懸命働いて金をためた。ただ一つ困窮した士族の株を買って、士族になりすます方法が残されていたからである。

その機会がついに来た。真下専之丞の推薦してくれた同心で、生活の困窮している浅井竹蔵の同心株を、買って、彼は、その望みをかなえることができた。長い間夢みた士族の身分をついに彼は得たのである。しかし、混乱した時代の士族といえども、株さえ買えばというわけにはいかず彼は専之丞に教えられながら、さまざまな工作をした。まず菊池家から暇をとると、樋口為之輔と改名し、金を贈って、撒兵頭並内藤遠江守の組下西村熊次郎「厄介」という寄人の身分を得、西村熊次郎の私実弟ということにした。この時、彼は熊次郎の弟になるため、年令さえも偽《いつわ》り、十歳年上の彼が弟として届けたのであった。こうして彼は、江戸出奔以来夢中でためた金を投げ出し、身分を偽って、同心株を買う資格を得、同心浅井竹蔵の病気による勤務不可能の理由によって、跡目《あと》相続をしたということにした。こうして、跡目相続した後は、浅井と改姓し、浅井家を盛んにして、竹蔵の母を引き取り、菩提寺を浅草正安寺に移すことなどを条件に、みごと士族に転身することになった。幕臣となったのである。慶応三年（一八六七）七月十三日のことである。それも、真下専之丞の実力によって約束の浅井改姓もせず、樋口為之輔のまま相続を許された。浅井竹蔵は約束が違うと抗議をしたけれども、すでに幕臣となった為之輔にとってはそんなことはもうどうでもよいことであった。結局うやむやになってしまい浅井が引下がるよりほかなくなってしまった。

けれども運命は皮肉なものである。彼にとって莫大な費用と、智恵の限りをつくして得た一生一代の大博打《ばくち》の士族転向も、その喜びもつかの間、わずか数ヵ月後の十月十四日には、時の将軍徳川慶喜が大政奉還し、徳川幕府は崩壊し、士農工商の身分制度もなくなってしまった。為之助が、一生の願いをかけて得た士族の身分も、その労苦も、すべてが、無になってしまった。彼はすべてを失ってしまったのであった。

けれども政府はそうした者の職まで奪うことはしなかった。慶応四年（一八六八）九月八日、明治元年と改元され、ここに近代日本の歴史的な時代、明治が誕生した。為之助は、外国人居留地掛下役から、戸籍掛となり、東京市の訴訟、社寺掛などの仕事をした。そして彼は、明治二年八月、北島町の旧屋敷から、東京府構内長屋に移った。一葉の生まれたところである。

彼は、士族という身分は失ってしまったけれども、それまでの彼の半生は、士族になるための半生であったともいえるのだから、容易に士族の意識を捨てきれなかった。士族であることの誇りとそのために払った努力はまさに涙ぐましいものがあった。妻の滝（すでにあやめから・多喜・滝と改名）も、その上旗本稲葉大膳の家庭の中で、武士の生活、武家の躾《しつけ》をじっくり身につけ、すでに武家の女房であるという意識は、身にしみ込んでいた。

こうした両親の武士であることの誇りとその自意識は、家庭においては、きびしい武士の家の躾を、子どもたちに課すことになった。後の一葉は、こうした両親のきびしい躾と、たたきこまれた武士の誇りにささえられ、一葉の意識の奥深く、心のひだの中に食い込んで強い影響を残すことになったのであった。父と母の封建的な人生観は、彼らが生きてきた時代と彼らの生活の中でつちかわれた人生哲学によって裏打され、確固たるものとして一葉に継承されたのである。後年一葉は零落意識に悩まされつづけたが、これは、一葉の両親があくまでも武士の娘として課したきびしい躾故に、必要以上に苦しむ結果となったのである。

樋口一葉の家系図

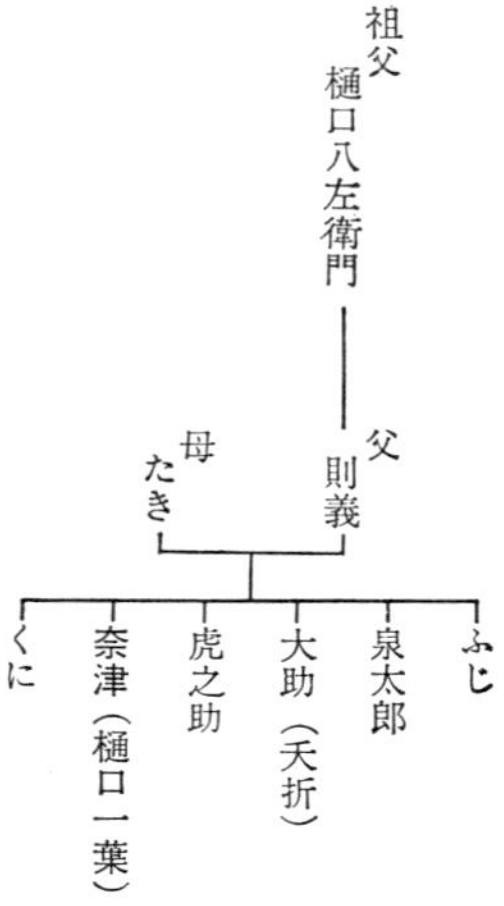

出生

樋口一葉は、こうした両親の下に、明治五年三月二十五日（新暦になおすと五月二日）父為之助四十三歳（この後すぐ、則義と改名）母多喜三十九歳の二女として生まれ、奈津と名づけられた。

その頃住んでいた東京府構内官舎は、東京府第二大区小一区内幸町一丁目一番屋敷といって、現在の内幸町二丁目にあたるという。

姉のふじ十六歳、長兄泉太郎九歳、次兄虎之助七歳の時のことであった。

そして、二年後の六月二十二日、終生一葉のためにつくした妹のくにが生まれた。

この年、父の則義は士族であった代償として四百七十六円十七銭を時の府知事大久保一翁より受け取った。彼は、この金をむだには使わず、後に、土地買売や金融業の元手として役立てた。いたずらに往時をなつかしみ、ただ手をこまねくだけで没落していく人が多かった中で、則義は、現実的に生きた。

明治九年四月四日、一家は、その頃住んでいた麻布三河台町から本郷六丁目五番地に移った。この屋敷は、則義のもっとも豊かな生活を送ったところで、一葉は樋口家にとって一番裕福な時代に幼時を過ごしたのであった。屋敷は、家屋四十五坪、宅地二百二十三坪で土蔵、長屋のついた相当の広さであった。この頃の一葉のことを知る唯一《ゆいつ》の手がかりは、馬場孤蝶の「母君などに隠《か》くれて、蔵へ入って金網の窓から入る僅《わずか》の光で、仮名計《ばか》りの草双紙を読んだので、眼が近くなったとは一葉君自身の話であった」という想い出話である。六年間を過したこの家の土蔵付の家屋図は今でも樋口家に残されているという。

一葉はこの後死に至るまで、転々と住所を変えたが、それはそのまま、一家の没落の歴史でもある。転居のあとをたどってこれほど、歴然とそれをあとづけることができるのはめずらしい。そして後になれば、その転居が、作家としての一葉にとって一つ一つ意味のあるものになっていくのである。

利発《りはつ》な子

幼い頃から一葉は非凡な資質をあらわした。

三歳の頃、発行された読売新聞を一葉の兄たちが声を出して読んでいると、幼い夏子が、**ちょこちょこと側に来て、それをまねした。そのようすがいかにも大人びてませていて、まわりの者を驚かした**という伝説があるほど一葉は利発な子であった。

「七つの歳に、三日で八犬伝を読んだと申しますので、よくそんなに早く読みあげたと私が云うと、『眼がふたつあるから二行宛読めるでしょう。ほ、ほ、ほ』と夏ちゃんが云いました」とは、穴沢清次郎の思い出話である。

そうした一葉の非凡な才能を誰よりも愛したのが父の則義であった。彼はその資質をみがくために積極的な指導をした。本も買い与えた。父から伝えられた文学的な資質と、その指導とで、一葉はその文学的な教養の基を作られたのである。そのころのことを一葉は日記にこう記している。

「七つといふとしより草双紙《くさぞうし》といふものを好みて手まりやり羽子をなげうちてよみけるが其中《そのなか》にも一と好みけるは英雄豪傑の伝任侠義人の行為などのそゞろ身にしむ様に覚《おぼ》えて凡《すべ》て勇ましく花やかなるが嬉しかりき　かくて九つ斗《ばかり》の時よりは我身の一生の世の常にて終らむことなげかはしくあはれくれ竹の一ふしぬけ出てしがなとぞあけくれ願ひける　されども其ころの目には世の中などいふもの見ゆべくもあらず只《ただ》雲をふみて天にとゞかむを願ふ様なりき　其頃の人はみな我を見ておとなしき子とほめ物おぼえよき子といひけり　父は人にほこり給へり　師は弟子中むれを抜けて秘蔵にし給へり　おさなき心には中々に身をかへり見るなど能《あた》ふべくもあらで天下くみしやすきのみ我事成就なし安きのみと頼みける　下のこゝろにまだ何事を持ちて世に顕《あら》はれんとも思ひさだめざりけれど只利慾にはしれる浮よの人あさましく厭《いと》はしくこれ故にかく狂へるかと見れば金銀はほとんど塵芥《ちりあくた》の様にぞ覚えし」

一葉の才を愛した父は、彼女に自分の果たせなかった夢をたくしていたのでもあった。

が、現実の父は、警視局の傭のかたわら、土地売買や金融業に熱中していた。そのために一葉たちは、ともかくも豊かな生活が送れたのではあったけれど、そうした父を一葉は、許容することが出来なかった。娘らしい潔癖《けっぺき》さで一葉は、嫌悪《けんお》した。こうした一葉の人生観が、後の一葉を徹底的に苦しめ、金のために悩みつづけるようになったのは運命の皮肉とでもいうのであろうか。

彼女は、父が生きている世界とは別個に、広い屋敷の蔵の中で目を悪くするほど夢中で草双紙などを読みふけった。そして、そのころから、すでにあれこれと未来を夢見てひとり楽しむことを覚えていた。彼女はそうしているのが何より楽しく、おもしろくてならなかった。

教育

一葉は、学校教育というものをあんまり受けていない。

はじめて学校にはいったのは明治十年三月本郷学校であったが、幼なすぎて続かず、その後吉川学校にはいった。一葉はここで小学読本と四書の素読を教えられた。ふつうの子どもたちと一緒のものではやさしすぎ、先生が特別に漢文の手ほどきをしたらしい。

明治十四年十一月、池の端の私立青海学校に入学、十六年十二月に高等科第四級を首席で卒業した。一葉は十二歳であった。

この青海学校の頃によんだ歌に、

ほそけれど人の杖とも柱とも
　思はれにけり筆のいのち毛

というのがある。教師の手がはいっているにしても、ちょっと出来すぎているような歌である。

しかし、彼女の母の反対で、一葉は、これを限りに学校をやめさせられた。父はなんとかもう少し学校に

母と妹
（左から妹くに子、母たき、なつ子）

通わせてやりたいと思ったけれども、どうしても母の滝は自説をまげなかった。

「十二といふとし、学校をやめけるが、そは母君の意見にて、女子にながく学問をさせなんは、行々の為よろしからず、針仕事にても学ばせ、家事の見ならひなどさせんとて成き。父君はしかるべからず、猶《なほ》今しばしと争ひ給へり。汝が思ふ処は如何にと問ひ給ひしものから、猶生れ得てこゝろ弱き身にて、いづ方にも〳〵定かなることといひ難《がた》く、死ぬ斗悲しかりしかど学校は止になりけり。それより十五まで、家事の手伝ひ、裁縫の稽《けい》古《こ》とかく年月を送りぬ。」

母が父と違って、一葉に学問をさせることを好まなかったのは、当時の社会の中では、女が学問を身につけることが、現実的には、必ずしも幸せではないこと、それどころか不幸せにつながることを本能的に悟《さと》っていたからであろう。

ここに一葉の生きた時代の女の宿命があった。女はまだ男の所有物でしかなかった。その範囲をはみ出すような女は、現実の生活の中では、異分子として外にはじき出された。自分の理想をつらぬくことが、同時に人間の幸せにつながる道であるということが、そのころはまだ相反するものであった。現在の私たちの社会でも、まだまだいろいろな困難のともなう女の自由な生き方が、そのころはほとんど罪悪のように考えられていたのである。そして、女の幸せとは、その当時の社会のわくの中で、しきたりとして与えられていた女の役割りさえ、はみ出さなければ十分享受《きょうじゅ》し得るものであるとされていた。女の幸せと人間の幸福とが同じものではなかったのである。

こうして一葉は、十二の歳に学校をやめさせられてからは、松永正愛という親類へ裁縫の稽古《けいこ》に通わせられたり、家事の見習いをさせられたりして、当時の女性が当然身につけていなければならないとされていたものを一応全部おさめたのであった。しかし、この時の母のおかげで一葉は後に仕立物をしながら一家を養うこともできたのであった。

鏑木清方の一葉像のもとともなった随筆「雨の夜」はこのころの想い出をしのんでつづったものである。

「雨は何時も哀れなる中に秋はまして身にしむこと多かり、更《ふ》けゆくまゝに燈火《ともしび》のかげなどうら淋しく寝られぬ夜なれば臥床《がしょう》に入らんも詮《せん》なしとて小切れ入れたる畳紙とり出だし、何とはなしに針をも取られぬ未だ幼なくて伯母なる人に縫物ならひつる頃、衽先《おくみさき》、褄《つま》の形など六《む》づかしう言はれし、いと恥かしうて是《こ》れ習ひ得ざらんほどはと家に近き某の社に日参といふ事をなしける、思へば夫れも昔し成けり、をしへし人は苔《こけ》の下になりて習ひとりし身は大方もの忘れしつゝ、斯《か》くたまさかに取出るにも指の先こわきやうにて、はかぐしうは得も縫ひがたきを、彼の人あらば如何ばかり言ふ甲斐なく浅ましと思ふらん、など

一葉の肖像画（鏑木清方筆）

打返し其むかしの恋しうて無端に袖《そで》もぬれそふ心地す、遠くより音して歩み来るやうなる雨、近き板戸に打つけの騒がしさ、いづれも淋しからぬかは。老たる親の痩《や》せたる肩もむとて、骨の手に当りたるも斯《かか》る夜はいとゞ心細さのやるかたなし。」（「雨の夜」）

けれども父の則義は、おのれの果たし得なかった夢を娘にたくすことをあきらめきれなかった。そうして一葉もまた、針仕事や家事見習いよりもあとの読書の方が魅力であった。毎晩机に向って勉強している一葉を見て、父は、彼女に和歌の師をつけてやった。和田重雄といって、父の旧幕時代の知人で八丁目に住んでいた。明治十七年の春であった。ところが通うのに遠すぎたためか、邦子によると「郵便にて稽古せしがほどなくやめ」たという。

その頃の一葉は、こんな歌をつくっていた。

をちこちに梅の花さくさま見れば
　いづこも同じ春風や吹く

春がすみ花まつ山にたちなせそ
　盛りの花のかくれもぞする

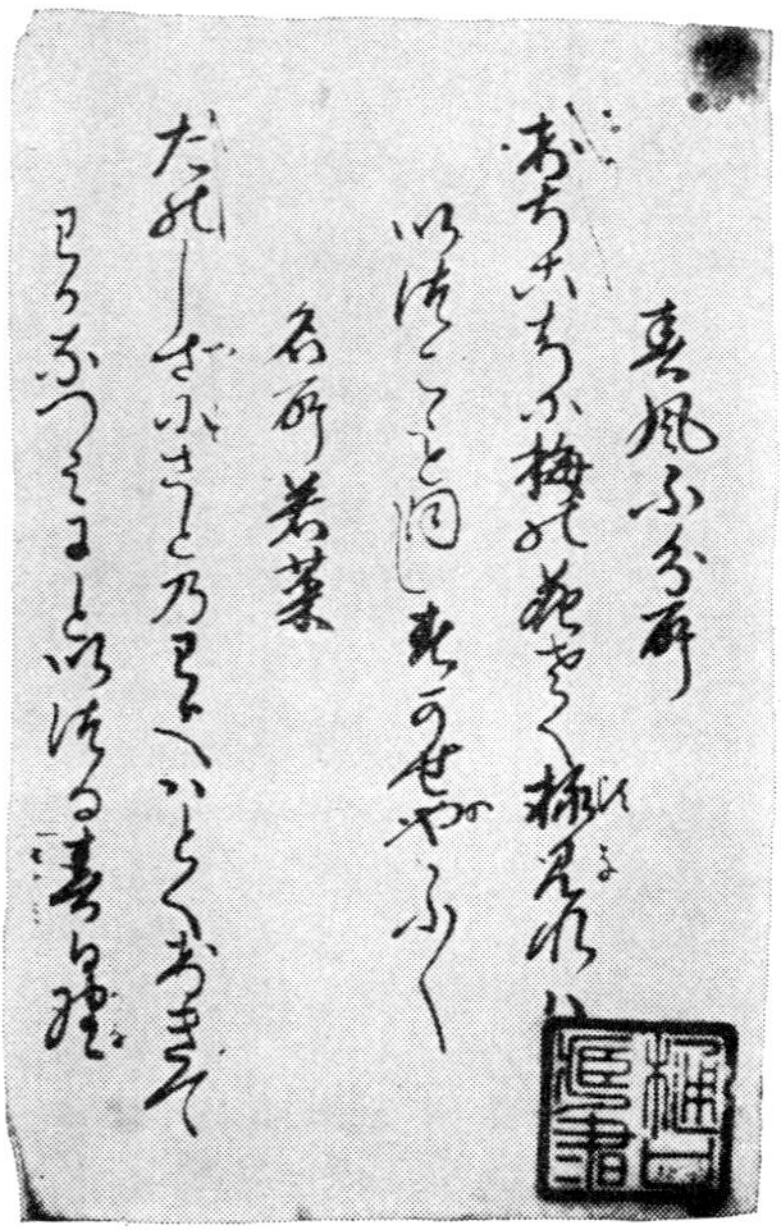
十七年詠草

いづこにかしるしの糸はつけつらむ
　年々きなくつばくらめかな

萩の舎

父は学校に通わずにいる一葉のために、和歌の本や、古典の版本などを買い調《ととの》えてやった。一葉はそれらをむさぼり読みながら、あれこれと未来の夢を織りなしていった。思えば父こそは、一葉の天分を花開かせるために必要な養分を最初に与えた人間であった。彼女の資質の並々でないことを見抜いていた父は、もう一度師につけてやりたいと思った。

こうして、明治十九年八月、十五歳の一葉は萩の舎といわれていた中島歌子の門に入った。この間の事情は、日記にくわしく書かれている。

「されども猶《なお》、夜ごと〳〵文机にむかふ事をすてず。父君も又我が為にとて、和歌の集など買ひあたへたまひけるが、終に万障を捨てゝ更《さら》に学につかしめんとし給ひき。其頃、遠田澄庵、父君と心安く出入しつるまゝに此事かたりて、師は誰をか撰ばんとの給ひけるに、何の歌子とかや、娘の師にて、年ごろ相しりたるがあり、此人《この》こそとすゝめけるに、さらばとて其人をたのまんとす。苗字もしらず、宿処をも知らざりしかば、狄野君にたのみて尋ねけるに、そは下田の事なるべし、当時婦女の学者は、彼の人を置て外にあるまじとて、かしこに周旋されき。然るに、下田ぬしは、当時華族女学校の学監として寸暇なく、内弟子としては取りがたし、学校の方へ参らせ給はゞとの答へなりけれど、我がやうなる貧困なる身が、貴紳のむれに入なんも侘《わび》しとてはたさず。兎角《とかく》日を送りて、或時さらに遠田に其はなしをなしたるに、我が歌子と呼ぶは下田の事ならず、中島とて家は小石川なり、和歌は景樹がおもかげをしたひ、書は千蔭が流れをくめり、おなじ歌子といふめれど、下田は小川のながれにして、中島は泉のみなもとなるべし、入学のことは我れ取はからはんに、何事の猶了《ゆうよ》をかしたまふとて、せちにすゝむ。はじめて堂にのぼりしは、明治十九年の八月二十日成りき。」

歌子は天狗党の林忠左衛門の未亡人で、加藤千浪に歌を学んだ。同門に御歌所出仕の伊東祐命《すけのぶ》がいた。その関係で、いわゆる上流階級の子女、夫人たちが多く出入していたのである。一葉が入門したころは、全盛時で、千人もの門人を抱えていたらしい。

田辺花圃《たなべかほ》、乙骨《おつこつ》牧子、田中みの子、伊東夏子などの才媛達も萩の舎に通っていた。

父の期待を一身に集め、親戚・知人たちにもその才気は知れわたっていたのだから、夏子は、自分自身の能力に誇りをもって意気揚々としていたに違いない。

未来の大歌人を夢見て、颯爽《さっそう》と萩の舎に入ってきたのであった。

そういう夏子をみて、多少とも自分たちの才気に自信をもって萩の舎で幅をきかせていた姉弟子たちは、なんて生意気な子だろうと癪《しゃく》にさわって意地悪をしたらしい。当時のようすを三宅花圃は、次のように言っている。

「たしか一葉さんが十五の時でした。中島先生がね、『今度面白い娘が来ましたよ』っておっしゃいましてね。歌の会の折、私と牧子さん―江崎さんの奥さんで、当時は乙骨牧子と云ふ方、あの三郎さんなんかのお姉さん―この方はとても才物で、まあおてんばなんでした。その方と私とは仲よしでしてね、で二人が床を背にして座ってますと、小さい娘がチョコ〳〵と入って参りまして、それが一葉さん、丁度《ちょうど》その時五目寿司が出まして、その皿に赤壁賦《せきへきふ》が描いてありました。江崎さんはそんな事はよくお分りの方で、一寸口ずさんだんでございますよ、そうしますと、小さな一葉さんが突然「壬戌之秋七月既望、蘇氏与レ客泛レ舟　遊二於赤壁之下一」と一句口ずさんだんですよ。その時一寸そり身になって、気どってね。でまあ、生意気な娘って事になりまして私も少し位いぢめたかも知れません。江崎さんもきっと相当いぢめたんでせう、然《しか》し一年たつとすっかり変って、生いきな風はまるでとれて了《しま》って世なれて、……」

萩の舎にはいわゆる高位高官の令嬢たちが群れつどっていた。彼女たちはそうしたバックをかさにきて、一葉に対した。

士族の誇りをもって育てられた一葉ではあったけれど、そうした高位高官の令嬢たちの中では、そのすべもなく、田中みの子や伊東夏子たちのいわゆる平民組に入って、そうした人たちに対抗したのであった。

田中みの子は請負師《うけおいし》の未亡人、伊東夏子は、代々幕府の小鳥御用をつとめる商家の娘で、その財力は相当なものであったらしく、一葉の日記の中に「さはれ財には富たまへり、都大路広しといへども君が家ほどの財もてる人は少なかるべし」と書かれているくらいである。財力はあっても身分のない彼女たちと、なんとか身分だけは士族であっても財力はおよびもつかずというわけで平民組に入った一葉は、こうしてかろうじて、上流階級の才媛といわれる人たちに対抗したのである。

歌会ともなれば、まるで衣裳比べの会でもあるかのように、その日の着物のことでもちきりになるような令嬢たちの中に入って、一葉は何度も、情ない思いをしたのであった。

一葉の日記の一番最初のものは、「身のふる衣まきのいち」といって、そのころの一葉のようすがよく分る。

一葉の家が没落するのは、父の死後で、次第次第に傾きかけた陽のかげるように下降線をたどっていくのであるけれども、このころはまだ、何とか、やっていけた。しかし、上流階級の子女とはくらべものにならなかった。このころから、一葉は次第に負けず嫌いの精神を内に秘めるようになったのである。

一葉は、心の中で、彼女たちのきらびやかさにいつも反抗していた。羨望の裏返しの形ではあったけれども、自分の歌が一番になると、得意であったし、自分の才能も信じていた。

一葉は、「うもれ木」の中で籟三の言葉を借りて

「我れ独身にて終らんとも思はねど、華族の聟《むこ》に成る願ひなく、姫君様女房にしたくなし、香花茶の湯に規則どほりの容儀とゝのひて、お役目の学問少々ばかり、何に成る物でなし、世路の困難ふんでも見ず、

一人立ちの交際もならぬ様な、木偶《でく》のぼう的のお神さま持込まれて、親の光りに頭さぐるなど、嫌《いや》な事なり、我れ望みは身分でなく親でなし、其人自身の精心一つ、行ひ正しく志し美事《みごと》ならば、今でもお世話ねがひたきもの……」と言わせている。

萩の舎に集まっていた大部分の令嬢たちの最大公約数的な一葉の批判でもあり、反抗でもあった。籟三の願いは一葉の願いでもあったのである。こうして、令嬢たちの中にあってますます一葉のまけず嫌ぃとひが者意識は助長されていった。

没落

「廿年十二月兄を失ひ、それよりだん〳〵わざわひおこり親は老人なり、かつ其折は病しんにてすべて世の中のことをそれより知りはじめし、

されど今一人の兄のあれど、これはやう小の時より兄のあしかば別家になりおればとて、相続人となる。廿一年五月あまりに親のよわければ、兄のそばよからんと芝高輪え移る。

其とし人のすゝめに寄て、をかしき会社を父のたてんとて、九月半神田表神保町え移る。」

一葉の一家は、彼女が萩の舎に入門するころまではまあ〳〵順調であった。ぜいたくはいえなかったけれども親子が睦《むつ》まじく暮せるほどには、暮していけた。

長男の泉太郎は、成績も優秀で、父の則義も目をかけていた。たゞ小さいときから体が弱く、熱海に転地療養したこともあった。

明治十八年明治法律学校に入学した泉太郎に父は将来の望みをかけていたが、病が再発して、二十年十二月二十四歳で世を去った。この時のことを夏子は次のようにかいている。

「朝がほの露、風の前のともしび、それよりも猶《なお》あやふき人の命、いつをいつといふ限はあらねど、老たるはさても有なん、年若き身こそいと安からね、其人に寄て親はらからの苦楽は生ずる物なるを、我兄泉之君世を早くし給ひしより以来、袖《そで》の涙かはく時なく、むねの思ひ絶るまなかりし、其折々かひつゞくるも、一は人しらぬ悲しみをもらし、一は我身の経歴になん、思ひ出る明治廿年七月の頃なりけり、我

父と兄

兄ふと病にかゝりぬ、素《もと》より世の人よりは弱かりし人の病なれば、其事となくなやみて七月も過ぬ、八月過ぎぬ、九月十七日といへるに、例の如く余は師の本がり行ぬ、午後四時といへるに家に帰るに、兄は強くなやみて臥居給ふ、そもいかにと母にとふに、いはく大病也、物へまかりたるに其処《そこ》にて甚《はなはだ》しく血を吐したり、家に帰るに未だやまず、静に養生をなすと聞て、いと〳〵打驚きぬ、そも此日を病の初として、十月、十一を寒しく過て十

二月とも成ぬ、かひなくも廿七日といへるに、遠きやみ路の人には成ぬ、其折の事はかく事もあらず涙のみなり、まして育てし父母の情しるべし、

七日、十日の程は悲しきことだに思ひ出ず、夢の様にて過ぬ」

この泉太郎の死は、則義にとって大きな衝撃であった。

次兄の虎之助は、学問がきらいで、奔放な性格であったので、両親は早くから分家させ、陶工の成瀬誠至の内弟子になっていた。

長女のふじは、初婚に破れた後、両親の反対を押しきって久保木長十郎と再婚していた。両親はこのふじの結婚の苦い思いを再び、味わいたくないと、一葉と邦子には、封建的な、恋愛蔑視の観念を強く植えつけた。士族の誇りをもちつづけて生きている両親にとって単なる一介の農民の子の久保木長十郎との結婚は、許しがたい恥辱として後々まで語りきかされ一葉の脳裏にきざみ込まれたのであった。

こういう事情で、一葉は、泉太郎の死後、そのあとを受けて、法定相続人となった。わずか十七歳の戸主ができたのである。

頼りにしていた泉太郎をなくして、則義はがっくりしてしまった。にわかに、老がおし寄せてきたような感じがしてそのころ住んでいた西黒門町の家を売り、虎之助の住んでいた芝高輪北町に移った。勤めもやめた。

則義は、退職後の生活を確立するために、残りの私財をつぎこんで、同郷人たちと荷車請負業組合を起

し、事務総代となった。しかしこれは失敗に終わり、多くの負債を残し、失意の中に、病にたおれ、ついに明治二十二年（一八八九）七月十二日六十歳の生涯を閉じた。邦子の「かきあつめ」によれば

「家の都合あしければ、廿二年三月淡路町へ移る。五月より父大病にかゝり、七月なき数に入ぬ。会社はつぶれ、又種々の出来ごと多し。」

とある。

とにかくこの荷車請負業組合の失敗は、樋口家の没落の最大の原因であった。

それにつづく父の死で、一葉の肩には、一家の支柱という重い責任がかかってくることになったのである。

父の四十九日をすませると一家は、芝西応寺町の虎之助のもとに移った。

ところが薩摩焼の絵附師で、名人気質の虎之助は母と折合いが悪くて、もめごとが絶えなかった。そのうえ虎之助の仕事は、品物の出来高次第ということで、経済的にも不安定であった。

そんなわけで、夏子は十九歳になると、兄に頼らず自活しようと考えて、そのころはあんまり稽古にも通えなくなっていた中島歌子に、事情を話してみると、そんなら女学校の教師の口をさがしてあげるからそれが決まるまで、しばらく萩の舎に住みこんで、助手をしてもらいたいといわれた。

こうして一葉は、萩の舎に住みこむことになったが、単なる歌会の手伝いと思っていたのに反して、ろくろく稽古も出来ずに、台所仕事に追われて、まるで女中にきたようなありさまであった。このことは、一葉に零落意識を身にしみて感じさせた。

女学校の教師の口もその後いっこうに、歌子の方からは、話がなかった。

五ケ月ほど、それでも一葉は萩の舎に住み込んで歌人の生活の内部をつぶさに見聞したのであった。しかし、いつまでもそんな状態でいるわけにはいかず、虎之助の下にいる母と、妹を引取って三人で暮そうと、その年の秋、本郷菊坂町七十番地の貸家に移り住んだ。母と妹は内職に精を出し、一葉は、相変らず萩の舎の稽古を手伝いに通いながら、萩の舎の人たちにも仕立物などを出してもらい次第につのってくる貧乏生活の重みに歯をくいしばるのだった。

それと共に、一葉は、萩の舎に対して次第に批判的になっていった。

家運の没落に従って、萩の舎の令嬢たちとの間に一葉はどうしてもついていけないものを感じ出した。現実の生活の重みが、一葉を変えたのである。

一葉は、その花鳥風月的な詠歌もしっくりしなくなったし、令嬢たちはもちろん、一緒に暮して見た師の中島歌子に対してもその私

本郷菊坂町

生活をはじめ幻滅を味わうことが多かった。

それに歌をつくって、一家を養うことなど到底出来ない状態でもあった。

しかし、実際には、一葉は相変らず萩の舎に通いつづけていた。一葉にとっては、ともかくも才能を発揮できる唯一の場所であったからである。

かなり後まで、一葉は、歌子のように歌塾を開いて、歌名をあげる望みを捨てはしなかったけれど、萩の舎に対する批判や、幻滅の精神は、一葉を内的に成長させるうえには、必要な発展段階の一つであった。

生家の没落と共に、一葉にひとしお零落意識をかきたたせたものに、もう一つ、こんな事件があった。郷里の先輩真下専之丞の妾腹《しょうふく》の孫・渋谷三郎との婚約破棄事件である。

一葉の父は、この渋谷三郎を見どころのある青年だと可愛がり、何となく将来結婚させたらと思いながら交際を見守っていた。一葉自身もにくからず思いながら、邦子と三人で、寄席に行ったり、語り合ったりしていたのだった。父はこのことを気にかけながらも、婚約が成立しているのも同然と思っている中に、急に死んでしまったのである。その後しばらくしてからこの話が具体化し、どう思うかと母親から聞かれた一葉は考えるまでもなく承諾したのだった。ところが、没落しつつあった一葉一家をみて、三郎の方が、答えをしぶるようになり、不愉快なことがかさなり、ついに破談になってしまったのである。この事件は、一葉の若い心を深く傷つけ、男性への不信感を植えつけることになった。父の全盛時代には、足しげく出入しながら、没後の一葉たちを見棄てた三郎に対して忘れがたい思いを残したにちがいない。それは失恋の思いでは

なく、身にしみた零落意識と不信感であった。それだからこそ、後にまたこの問題が話題になったとき、

「我家やう〳〵運かたぶきて其昔のかげも止めず借財山の如くにして得る処《ところ》は我れ筆先の少しを持て引まどの烟《けむり》たてんとする境界、人にあなづられ世にかろしめられ恥辱困難一つに非ず（略）」

といい、すでに今をときめく検事として月俸五十円の三郎に向い

「位階何事かあらん、母君に寧処《ねいしょ》を得せしめ妹に良配を与へて我れはやしなふ人なければ路頭にも伏さん、千家一鉢の食にとつかん、今にして此人に靡《なび》きしたがはん事なさじとぞ思ふ（略）世の中のあだなる富貴栄誉うれはしく捐てゝ小町の末我やりて見たく（略）」

と思うのである。それは思いの外深い傷あとであった。

本郷菊坂町時代

—初恋・小説家への道—

小説家志望

「とあるにつけ、かゝるにつけ、身の、いと、かひなきなんなげかはしくて、いづらな、その身は女といふとも、はや、廿とも成れるを、老たる母君一人をだに、やしなひがたき

なん、しれたりや」

明けて明治二十四年、彼女は二十歳になった。けれども生活は相変わらず苦しく、戸主の一葉は何とか打開の道を考えなくてはならなかった。この決心の直接の動機となったのが、同門の花圃の処女作「藪《やぶ》の鶯《うぐいす》」であった。四つ年上の田辺花圃は、二十歳のころ「藪の鶯」という小説をかき、坪内逍遙の後立てで翌年当時一流の出版社で、「都の花」を発行していた金港堂から出版されて、文壇にデビューしたのだった。花圃はそのために原稿料三十三円二十銭を得た。それで兄の法要をにぎやかに行なったことなどが萩の舎でも評判になっていた。それを聞いて一葉はそんな花圃がうらやましくてならなかった。

なんとかして自分も小説を書いてみようとおもった。

そこで一葉は『藪の鶯』を何度も〳〵読みかえし、逍遙のかいた序文や、本文などを書きうつしたりして研究し、自分でも習作をかいてみた。

二十歳になった一葉が、姉弟子の二十歳の時の作品のあのかがやかしい成功を、自分自身のものにしようと固く決意したことは、その時書いた習作「かれ尾花一もと」にだけ「明治二十四年一月作」と制作年月日が書き入れてあるのを見ても明らかである。一葉は、いよいよ自分もあのころの花圃と同じ二十歳になったのだと何度も自分自身にいいきかせたにちがいない。その一葉のもえるようなおもいが「二十四年一月作」という文字の中にこめられているのである。こうして一葉にとって、二十四年一月の二十歳の春は、小説を書こうと決意したという意味で、運命的な年となったのである。

一葉にそんなにも羨望のまととなっていた田辺花圃とはどんな人なのであろうか。そのころの花圃のことを一葉は次のように書いている。

「花圃女史、田辺龍子君は、ことし廿四斗成るべし。故の元老院議官、今金鶏の間祇候《ぎこう》太一ぬしの一人娘におはしまして、風彩容姿、清と洒《しゃ》をかね給へるうへに、学は和漢洋の三つに渡りて、今昔のをしへの道あきらにさとり給ひ、書は我師の君いつの高弟にて、あゐよりあをしと師はの給へり。和歌は天ぴんと故伊東祐命《いとうすけのぶ》うしもたゝへ給へりしとぞ。文章は筆なめらかにして、しかも余ゐんにとませ給ひ、俗となく雅となく、世の人もて遊ばぬはなし。其名の世に聞え初しは、君が廿一許の頃、藪の鶯となんいふ小説あらはし給ひしより成けり。其後都の花に八重桜といふをものし給ひ、よみ売新聞に、をだ巻物語を草し、ことし、小説くさむらに、万歳の善作あり。又女学雑史《ママ》の特別記者として、小説に紀行に高名なるいと多し、さるからに、いさゝかも、ほこりかなどのけはなくて、打むかひ参らする折は、をかし滑《こっ》けいものがたり、洒落の談話のみせさせ給ひて、人のおとがひをこそはとけ、恐ろしなどおもはするけは、いさゝかもおはさゞるこそいと有難けれ。おのれは当時の清少納言と心のうちにはおもひぬ。」（「筆すさび」）

花圃は今をときめく大官令嬢であって、書道を跡見花蹊、漢学を柴田権之進、国学や和歌を伊東祐命について学び、一方では三味線を杵屋《きねや》ろく、琴は山瀬松韻にと、およそあたう限りの教養を身につけていた。そして、今のお茶の水の前身にあたる一ツ橋の東京高等女学校専習科に通っていた。家は豪奢《ごうしゃ》をきわめ、教養はこれ以上は考えられぬほど、おまけに文壇の雄坪内逍遙の後立てをもち、金港堂の支配人中根淑は父の旧幕時代の知己であった。明日のお米を求めて生活しなければならない、学校もろくろく通っていない一葉とは、お話にならないような違いであった。教養の差は書く字にもあらわれた。書道を専門家について習っているような令嬢たちの中では、一葉の書く字はまるで小学生のそれのようであった。彼女の入門当時の颯爽《さっそう》さは家柄といい、教養といいもちろん財政的にも到底たちうち出来ないような人たちが、きら星の如く妍《けん》をきそっている中で次第〳〵にかげをひそめていき、ついには「物つゝみの君」とあだ名されるようになった。

「うたて、おなじ師の君に学びて、おなじ様に、とし月を重ぬるものから、人は追風に帆上げたる舟覚えて、いとゞ進みにすゝむを、しれものは、只《ただ》坂にくるしむ車のやうにて、ともすれば、下りがちなるが、いと恥かはしきに、手などは、生えて、ふつゝかにて、詠草などかきたる、我ながら、いと、あさましければ、かまへて、人にみせ参らせぬをあやしう物はぢする人よとて、みの子の君、ものつゝみの君とつけて笑ひ給ふに、こと人も、いつしか、さなんいふ。」

一葉にとって「順風に帆上げたる舟」の筆頭が花圃であった。彼女の才気、家柄、財力、師の逍遥何もかも一葉にとってはうらやましいことだらけの花圃であった。負けん気の強い一葉はそれをみながらいつかは、きっと自分もと思ったに違いない。そして、一葉はその負けん気を人にも、自分自身にさえもあからさまにあらわそうとはしなかった。彼女の決意のもとともなった「藪の鶯」のことさえもあたかも人に聞いてはじめて知ったような書き方を、日記の中にしているのである。本当はそれどころか、読みに読んで何とかまねしようと苦心したのではあっても、そうしたことはおくびにも出さず「其名の世に聞え初しは、君が廿一許《ばかり》の頃藪の鶯となんいふ小説あらはし給ひしより成けり」と書くような勝気さが一葉の中にはたしかにあった。「物つゝみの君」とは自分の弱身をおもてに出さないための必死な自衛手段にほかならない。負けず嫌いの一葉の裏返しの態度が「物つゝみの君」なのである。この負けず嫌いの精神は、作家としての一葉をつらぬき通すもとでもあった。

こうした一葉であったから、どんなに花圃がうらやましくとも、自分から、彼女にどういう風にして小説を書いたらよいのか、師の逍遥にはどのようなことをおそわっているのかなどと問いかけたりすることはできなかった。彼女はただ、恥かしそうに私のようなものでも小説が書けましょうか、書いてもいいものでしょうかというのがせいぜいであった。彼女は、花圃に聞きたいことやおそわりたいことがたくさんあったにちがいない。けれどもそれを表にあらわすことが出来ず、そういう形でしか対抗意識を出すことができなかったのは、萩の舎の生活の中で、身にしみて味わわされたひが者意識のゆえである。きらびやかな令嬢たちの中で、一葉は何度、人知れず貧しさゆえの苦い涙を飲んだことか。

そして、家柄や財力などに関係なく、自分自身の才能によって、対抗しようとしたのである。彼女のこうした反抗精神は、貧しさゆえの劣等感の中から生まれたのだとはいえ、作家として生きるためには貴重なものであった。作家とは、昔も今も、現実に対する反抗精神・批判精神から生まれるともいえるのだから。もしかしたら作家になるための唯一の資格とは、反抗の精神なのだともいえるだろう。

半井桃水

小説を書きたい一葉には、花圃のような、家や金やバックが何一つなかったけれど、唯一つ邦子の友だちに、小説家の半井桃水を知っている者がいた。こうして一葉にとって運命的な人、半井桃水の出現となるのである。一葉が、生活の打開のために小説を書こうと志すまでの事情を邦子は「かきあつめ」の中で次のようにいっている。

「借金はかさなる、浮世のことをば知らざりければ、友なる人の知人に、心やさしき小説家のあれば是非《ぜひ》に何かしたためよ、さすれば母にも安心さすることのあらんとすすめける。女の身として、そのやうのことは心くるし、また中島へたのみおきたることもあれば、いかにせばやと案じわづらふ。されど眼前ことにせまり居ればはじをしのびて、明治廿四年四月十五日、友なる人の紹介にて、半井君のもとをとひ初にき。」

半井桃水

歌子に頼んであった女学校の教師の口は、いっこうに何の気配もなく、一葉はそれにつられて萩の舎に住み込んだ自分の甘さにほぞをかむ思いであった。それにかわる新しい一つの望みを成功させるには、花圃が逍遥を師としたように小説の師をみつけることが一番であると考えた一葉は、なんとかその望みをかなえたいものと思っていた。

たまたま邦子が通っていた洋裁の稽古所で、知り合ったのが、野々宮菊子であった。菊子は半井桃水の妹の幸子と友だち同士であった。そんな関係で、どうかして小説を書いて一家を養おうとしていた一葉は、菊子を通じて半井桃水に、その手ほどきを受けたいと願ったのであった。半井桃水は本名を洌《きよし》といい、一葉が初めて会った時は数え年三十二歳・朝日新聞社員でその紙上に、毎回絵入りの大衆小説を書いていた。家は、代々医を業として、対馬の宗家に典医として仕え八十石を賜わっていた。桃水はその長男として生まれ、十一歳の時上京、共立学舎に学んだ。三菱・大阪魁新聞などを経て、明治十五年七月、友人の若菜胡蝶園の推薦によって朝日の特派員となり、京城事変の動乱のありさまを伝えて、その敏腕を買われたという。翌年釜山で成瀬もと子と結婚したが、明くる年死別、以来独身を通していた。東京朝日に入ったのは魁新聞時代の知己小宮山天香の知遇によるものであった。

彼はこの頃一家をかまえて、妹幸、弟浩、茂太と幸子の学友鶴田民子を南佐久間町一丁目二番地に同居させていた。女中もおき二人の弟子（畑島桃蹊、小田果園）を抱えて、派手《はで》好きな桃水の生活は、必ずしも楽なものではなかった。お金が入ると遊蕩もしたし、そのうえ父の残した負債も多かった。美男で、遊び方もうまかった。

「金使ひもきれいで、馴染《なじみ》の花魁《おいらん》のために積夜具をした話が残ってゐる。極《きわ》めて無口な人であったが、好男子の上に、男気があってときてゐるから女に好かれる条件が備ってゐたわけだ」（神崎清「結ばれざりし一葉の初恋」）

桃水は、非常に多くの通俗小説を書いたけれども、その名は、今日では、ほとんど一葉を通じてしか知られていない。文学的には、師とするにたるとは考えられないが、そのころの一葉にとっては、朝日新聞社員の桃水が救いの主とみえたのであろう。

「私が樋口さんと相識つたのは、慥《たし》か明治二十三年頃であつたと思ひます。当時私は二人の弟と一人の妹と、外に二人の書生と下女と都合七人の家族を成して、芝区南佐久間町の貸家に住んで居りました。妹は築地の高等女学校に通学をしましたが、其の同級のお友達で平素親しく交はりました野々宮さんと言ふ方が——今は庄司菊子と申されます——或日私の宅に参つて、自分のお友達に可愛いさうな方がありまず。此方では皆さんが学校へお通ひになって、随分洗濯物なども溜《た》まるやうにお見受します。何せ外へお頼みになるなら、其の方にさせて頂《いただ》く事はなるまいかと言われました。夫は結構早速お願ひしたいと言て洗濯物や縫物をどしどしお頼みしましたのが、即《すなわ》ち樋口夏子さんで、大きな風呂敷包を抱へ、其の頃の住所本郷菊坂町と芝との間を三四度も往ったり来たりされた末、一度私に逢ひたいといふ事を妹まで申込まれ、妹はその通り私に執次《とりつ》ぎました。(半井桃水「一葉女史」中央公論明治四〇年六月)

この桃水の思い出にもあるように、一葉は、桃水に会う前に、菊子を通じて妹の幸子や鶴田民子から、仕立物や洗濯物の賃仕事をやらせてもらうために、半井家に足を運んだりしたのであった。半井家は桃水が独身であり、主婦がいなかったのだから、渡りに舟とばかりいろ〳〵頼んだらしい。一葉は、大きな風呂敷包みを抱えて半井家に出入りしながら、家のようすを調べ、その間に桃水に教えを乞おうかどうしようか、と考えあぐねていたに違いない。そうしていよいよ決心すると、野々宮菊子にぜひ紹介して欲しいと頼んだのであろう。

明治二十四年四月十五日、一葉は日記にこう書きつけた。彼女が極度の緊張と期待に胸もはりさけんばかりであったようすが、まざまざとわかるのである。

「十五日。雨少しふる。今日は野々宮きく子ぬしが、かねて紹介の労を取たまはりたる半井うしに、初てまみえ参らする日なり。ひる過る頃より家をば出ぬ。君が住給ふは、海近き芝のわたり南佐久間町といへるなりけり。かねて一たび鶴田といふ人まで、ものすること有て、其家へは行たる事もあれば案内はよくしりたり。愛宕《あたご》下の通りにて、何とやらんいへる寄席のうらを行て、突当りの左り手がそれなり。門くゞりいりて、おとなへば、いらへして出きませしは妹の君なり。此方へとの給はすまゝに、左手の廊下より座敷のうちへ伴れいるに、兄はまだ帰り侍らず。今暫《しばら》く待給ひねと聞え給ひぬ。誠や君は東京朝日新聞の記者として、小説に雑報に、常に君があづかり給ふ所におはせば、さもこそは、ひまもなくおはすべけれと思ひつづくるほどに、門の外に車のとまるおとのするは、帰り給ひしなりけり。やがて服など常のにあらため給ひて出おはしたり。初見の挨拶などねんごろにし給ふ。おのれ、まだ、かゝることならはねば、耳ほてり唇《くちびる》かはきて、いふべき言もおぼえず、のふべき詞《ことば》もなくて、ひたぶるに礼をなすのみなりき。よそめ、いか斗、をこなりけんと思ふも、はづかし。」

こうして彼女は、桃水に会うことができた。二十歳の一葉は、小さな胸に願いをこめて、当時としては考えられないような大胆な行動をとったのであった。独身の若い女性が、どんな理由があるにせよひとりで独身の男性を訪ねるなどということは、よほどのことがない限りあり得べからざることであったのだから、そうしたひけ目をも感じて一葉は、必要以上に緊張してしまったのであろう。一葉は恥らいとそれ以上に小説を書きたいという一すじの願いをこめて必死であった。

桃水は美男の上に親切であった。一葉にとってははじめて理想の男性にめぐりあった思いがしたに違いない。

「君はとしの頃卅年《みそぢ》にやおはすらん。姿形など取立てしるし置かんも、いと無礼《なめ》なれど、我が思ふ所のまゝを、かくになん。色いと良く面おだやかに少し笑み給へるさま、誠に三才の童子も、なつくべくこそ覚ゆれ。丈《たけ》は世の人にすぐれて高く、肉豊かにこえ給へば、まことに見上る様になん。おもむろに当時の小説のさまなど物語り聞し給ひて、我思ふに叫ぶべきは人好まず。人このまねば世にもて遊ばれず。日本の読者の眼の幼ちなる。新聞の小説といはゞ、有ふれたる奸臣賊子《かんしんぞくし》の伝、或は奸婦《かんぷ》いん女の事跡《じせき》様の事をつゞらざれば、世にうれざるをいかにせん。我今著《あらは》す幾多の小説、いつも我心に屑《いさぎよし》として、かきたるものはあらざるなり。されば世の学者といはれ、識者の名ある人々には、批難攻撃面を向けがたけれど、いかにせん。我は名誉の為著作するにあらず。弟妹父母に衣食させんが故なり。其父母弟妹の為めに受くるや、批難はもとより辞せざるのみ。もし時ありて、我れわが心を持て、小説をあらはすの日あらんか。甘んじて、其批難を受けざるなりと、の給ひ終はって大笑し給ふさま、誠にさこそと思はれ侍《はべ》れ。猶《なお》の給はく、君が小説をかゝんといふ事訳、野々宮君よりよく聞及び侍りぬ。さこそはくるしくも、おはすらめど、しばしのほどにこそ忍び給ひね。我師とはいはれん能はあらねど、談合の相手には、いつにても成りなん。遠慮なく来給へと、いとねんごろに聞え給ふことの、限りなく嬉しきにも、まづ涙こぼれぬ。物語りども少しする程に、夕げしたゝめ給へとて、種々《くさぐさ》ものして出されたり。まだ交もふかゝらぬものをと思へば、しば〳〵辞すに、君我家にては、田舎ものゝ習ひ、旧き友と新らしきとをとはず、美味美食はかきたれど、箸をあげさせ参らするを例とす。心よくくひ給はゞ、猶《なお》こそ喜しけれ。我も御相伴をなすべきにと、あまたゝび聞え給へば、いろひもやらで、たうべ終りぬ。かゝりしほどに、雨はいや降に降しきり、日はやう〳〵くらく成ぬ。いでや暇給はりなんといへば、君車はかねてものし置たり、のりてよとの給ふ。帰さに、したゝめ置たる小説の草稿一回分丈《だけ》差置きて、君が著作の小説四五冊を借参らせて出ぬ。君がくまなきみ心ぞへの慕しく、八時といふ頃にぞ家に帰りつけり。」

桃水の親切に感激し、その美貌に魅せられた一葉は、こうして忘れがたい印象をその胸に焼きつけたのであった。

一葉は、師として桃水につこうとしたのだが、実際の小説家としての桃水のことなど何も知らなかった。このことは初対面の日に、桃水の本を借りてかえっているのでも分るが、たゞ一途に、桃水に師事してどこかの新聞に載《の》せてもらおうと思っていたらしい。

それから一週間後の二十二日に、一葉はいわれた通り一生懸命書いたこの間の分の続稿をもって桃水を訪ねた。桃水は一葉に向かって「種々《しゅぐ》のもの語りども聞えしらせ給ひて、先の日の小説の一回、新聞にのせんには少し長文なるが上に、余り和文めかしき所多かり。今少し俗調に」と注意した。ほとんどそのころの文壇のことなど知らず、源氏物語や枕の草子や和歌やらの古典の知識のみで書かれた雅文に、さすがの桃水も困ってしまったのであろう。桃水は家庭内にもいろいろ問題をかかえていたときでもあったので、肩がわりしてくれる者がいないかと思ったらしい。「吾友小宮山即真居士は、良師ともいふべき人なれば、此君のみには引合せ参らせん」と語った。小宮山即真とは、当時の朝日新聞の主筆であり、桃水が朝日に入る時知遇を得た天香のことである。一葉は師のいうことをいちいち感激して聞きながら桃水の美しさに魅せられていた。

「人一度みてよき人も、二度目にはさらぬもあり。うしは、先の日ま見え参らせたるより、今日は又、親しさまさりて、世に有難き人哉《かな》とぞ思ひ寄りぬ。」

今日の分の添削を頼んで家に帰った一葉の感想である。そして一葉は二十四日までに何とかその小説を仕上げて郵便で桃水のもとに送った。

桃水がどこかの新聞に載せてくれるかも知れないと望みをかけていたのだった。

一葉は桃水のところに弟子入りして小説をなんとかお金にかえたい、その発表の機会を得たいというのが目的であった。そういう一葉のつもりとは別に桃水に会ってからの一葉は、ともすれば、桃水を想って何となく物事が手につかないような気持になるのだった。それは小説の師に対する思いではなくて、異性に対するそれであった。そういう思いの時、桃水から、明日下宿へ来てほしいとの便りがあった。

「母君にも斗り参らするに、行ねとの給ふ。今宵は、何となく、むね打ふたがりて、ねぶるべき心地もせざりき。」

それだけで、もうわくわくしてしまう一葉であった。

こうして、一葉は、この後桃水の指導をうけるために、せっせと書き、桃水の許に添削を乞いに通う生活がはじまった。「和文めかしき所」の多い一葉の文章を、桃水は、ていねいに指導して、通俗小説の手法を教えるのであった。枕詞や縁語などでうめられた型通りの王朝文学的な文章を否定して、少しでも売りものになるような近代的なスタイルにしようとしたのである。

このように、桃水について小説修業をはじめる一方、一葉はたびたび図書館に通い、読書に励んで勉強をはじめるのだった。小説を書くには「源氏物語」や「枕草子」のようなものばかりでなく、もっと巾広い読書をしなければと思ったのであろう。現代小説に関する知識もほとんどなかったから、そうしたものも一葉は勉強しなければと思ったに違いない。こうして一葉は、花圃のように自分の作品が認められるのを期待して懸命に励むのであった。

失意

「日没後半井うしより書状来る。物語り度ことあり、明日か明後日来よと也。例の小説の事なるべしとおもふにも、胸つぶ〳〵と鳴こゝちす。何となく心にかゝりて、夜一夜いもねず。夜もすがら大雨成し。」

六月十六日の桃水からの手紙に、一葉は、いよいよ自分の小説のことにちがいないと思って、期待と不安に胸が「つぶつぶ」と鳴るような気がした。一晩中降りしきっている雨の中でまんじりともせずに、明日のことをおもい、じっと闇に耐えている一葉の「つぶつぶ」と鳴る胸の不安が、ひびいてくるような日記である。

期待に胸をとゞろかせながら明くる日の午後、一葉は桃水のもとを訪ねた。

「もの語りども、いと多かり。小宮山ぬしの深き御慮《おんおもんぱかり》、例の、うしの情深きなど、かたじけなしとも、かたじけなし。されど、筆にまかして、かいしるさんも、かつは我身づから、やましきこともあり、よく為し得べき事にあらぬか、今しも思ひわきがたければ、こは、おのづからあらで、のちに昔し語にもならば、いと、うれしけれと、今はもらしつ。暇乞申して出る頃、日はやうく西にかたぶく頃成し。今日は道かへて湟端《ほりばた》を帰る。夕風少し冷かに吹て、みほりの水の面て薄暗く、枝さしたる松の姿、伏したるも起たるもさまぐに、いづれ、千とせのこもらぬもなく、老てますく さかんなりなどいふは、かゝるをやなどおもはる。み返れば、西の山のはに日はいりて、赤き雲の色の、はたてなどいふにや、細く棚引たるも哀なり。行かふ人の無きにはあらねど、市路《いちぢ》ならねば、いと、さうぐし。堤の柳の糸長くたれてなびくは、人もかく世の風にしたがへとにや、いと、うとまし。引かへて、松のひゞきの、たうくとなるは、高き、いさぎよき操のしるべ覚えて、沈みし心も引起すべくなん。秋の夕暮ならねど、思ふことある身には、みる物聞くものはらわたを断ぬはなく、ともすれば、身をさへあらぬさまにもなさまほしけれど、親はらからなどの上を思ひぬれば、我が身一つにては、あらざりけりと思ひもかへしつべし。あゆむともなしに、いつか九段の坂上には成ぬ。こゝよりは、いとにぎはゝしく馬車など音絶えずはせ行ば、あしもとなどもあぶなげなり。猶おもひつゞけて、うつむき勝にくる様の、いかに、あやしかりけん。道行人の、おもてさしのぞく様にするも、いと、つゝましく、人わろければ、さしもみえじと思へど、猶おのづから色にも、もる成べし。」

ところが一葉の期待とは裏腹《うらはら》に、この日の日記は沈痛をきわめている。死んでしまいたいほどの失意におそわれながらその原因をはっきりと一葉は書いていないのだが、多分、桃水から、一葉の小説は売物にはほど遠いということを宣言されたのであろう。小説に生活をかけていた一葉には、こんな絶望的なことはなかったのである。

日記でみる限り、この六月十七日の失意の日より約四カ月一葉は桃水のもとに出入していない。あれほど、一生懸命小説を書いて一家を養おうとしていた一葉が、どうしてそうなってしまったのだろうか。すぐには新聞にのせることもできず、したがってお金も入らず、生活に追われて、思うように書くこともならず、書いても和文めかしくて売物にならないということで、もう少し図書館に通って読書もしよう、そして、いい物ができたら、もっていって、今度こそぜひ桃水に、ほめてもらい、お金にかえてもらおうと思ったのであろうか。

ともすれば一葉は、暗い気持になって、自信を失いそうになるのだった。

「六月の末成けり、半井うしより教へをうけて、さは、なしうべきや、何やしらず。」と日記にかきつけた。雑事にかまけて、あんまり文もつくらず、体の調子もあまりよくないのだった。

失意の一葉は秋になって、こんなことを日記に書いた。

願はしきことは遠く

「九月はじめの七日許、母君浅草なる三枝殿《さえぐさ》におもむき給ふ。よからぬことゞも、かさなりて、こゝろざすことはならず、願はしきことは遠くて、いと、せんなきに、家はいやまづしにまづしく、妹は日頃なやましうして、打ふし居るなど取つづくるにて、こがね少し許からばやとて成けり。ひるすぐるも帰らせ給はず、三時なるに、かへらせたまはぬは、なぞの故ぞ。花につく世のならひなるに、かく落はふれて、かゝることといひ行たりとて、誰かは、ものかたらひ合せだにやはする。いふかひなさに、いづくをか猶《なお》もとめ給ふにやなど思ふも、いと、むねいたし。とあるにつけ、かゝるにつけ、身の、いと、かひなきなんなげかはしくて、いづらな、その身は女といふとも、はや、廿とも成れるを、老たる母君一人をだに、やしなひがたきなん、しれたりや。我身ひとつの故成りせば、いかゞ、いやしき折立たる業をもして、やしなひ参せばやとおもへど、母君は、いと、いたく名をこのみ給ふ質におはしませば、児、賤業をいとなめば、我死すともよし、我をやしなはんとならば、人め、みぐるしからぬ業をせよとなんの給ふ。そも、ことわりぞかし。我両方《わがかたかた》は、はやく志をたて給て、この府にのぼり給ひしも名をのぞみ給へば成けめ。さるを兄君うせ、父君ゆき、やうく人には、あなづられ、世にはかろしめらるなど、いかゞ心くるしかるべきことをと思ふも、かなしう思ひつづくる程に、四時といふ頃帰宅し給ひぬ。」

一葉は戸主であった。そして士族の娘であるという意識を捨てることができなかった。だから「かく落はふれて」と零落意識に悩まねばならなかった。父と母の履歴は、一葉には作り上げられたものだということを教えられていなかったのだから、一葉が、必要以上に自らを責めさいなんだとしても仕方がなかったのである。

「よからぬことども、かさなりて、こゝろざすことはならず、願はしきことは遠い」一葉は、零落意識に悩みながら、自信を失い、自らを責めているさまが、このころの日記にくわしい。

「筆をとれば、ものかゝんことを願ひ、ふみに向へば、読明《よみあきら》めんことをしおもへど、こゝろざし浅く思ひ至らねばにや、凡知《ぼんち》凡慮《ぼんりょ》いよ〳〵くらく、しり難きことは日を追ひてしり難く、昨日覚えたることは今日は忘れぬ。婦女のふむべき道ふまばやとねがへど、そも成難く、さはとて、をの子のおこなふ道、まして、伺《うかが》ひしるべきにしもあらずかし。かくて、はてゝは何とかならん。老たる親おはします、此御上の、いとなげかはしきに、よろしき程なる妹が身の有つきも、いと、不便也《ふびんなり》。とざまかうざまにおもへば、只《ただ》身のかひなきのみにぞ寄ける。いでや過《あやまち》て改《あらた》むればてふ古語もあるを、明日よりはとおもふも今宵のみならざりけり。」

そして、この頃から次第に作品との格闘がはじまるのであった。

小説修業

「午後より文机に打むかひて、文どもそこはかとかひつゞくるに、心ゆかぬことのみ多くて、引さき捨〳〵すること、はや、十度にも成りぬ。いまだに一篇の文をも、つくり出ぬぞいと、あやしき。早うものし初たるなむ、師の君に一回丈添删を乞ひたるあり。そがつづきをつづらばやと思ふに、我ながら、おもしろからで、かくは引やりつるなれど、さて、はつべきならねば、別に趣向をまうけなどして、又つゞり出るに、夫もかれもいとつたなし。昔し今の名高き物語も小説も、みる度に我ながらかなしく成りて、はて〳〵は打も捨まほしけれど、中々に思ひ懸《かか》ること、えやむまじき、ひが心に、をこがましけれど、又つゞくり出ぬ。あさつてまでには、かならず作りはてん。これ作りはてねば死なんとおもふも、心ちひさしと笑ふ人はわらひねかし。」

一葉の中には「身は売っても芸は売らぬ」といったような芸術家魂が、知らない間に宿っていた。

一方こうして桃水に会わない間も、一葉は、彼のおもかげを大切にはぐくんでいた。

「半井様うしや車の引めぐりつゝ
なげきわびしなむくすりもかひなくば雪のやまにや跡とけなまし
とりかへすものにもがなや小ぐるまの行めぐりてもあはんとぞおもふ」

こんなことをひそかに雑記帳にかきつけていたのである。そんな一葉に邦子は友人の関場悦から聞いてきた桃水の噂を伝えるのだった。

「いでや猶《なお》記者は記者也。朱にまじはるになど色赤うならせ給はざらん。品行のふの字なること信用のなし難《がた》きことも、姉君が覚す様には侍らずとよとて、まめだちて聞えしらさるゝにもむねつぶれぬ。我為には良師にしてかつ信友と君もの給へり。我が一家の秘事をも打明て頼み参らせ、後来扶《たす》けにならんなどの約も有しを、そも偽り成りけんか、しらず、誰が誠をかとて打もなげかれぬ。」

それと共に一すじに桃水を信じて頼っている一葉に対して、母や妹は少しずつ不満の念をいだき出した。すぐにもお金になると思っていたのに、ちっともそんな気配がなかったからである。

とはいえ、一葉はなんとか小説を書こうとしていたから、そんな桃水の悪い噂を追いはらいでもするように創作に励《はげ》むのだった。

そんな一葉のもとに、野々宮菊子が訪ねてきて、桃水が一葉のことを心配してどうしていられるだろうかといってらっしゃるから一度訪ねるようにというのであった。それを聞いて一葉は、そんなに心配してくださっているものを思うにまかせず書いていない自分を省《かえり》みて、はずかしいとは思ったがともかく一度訪ねようと決心するのである。

手紙で幸子の結婚を知った一葉は、お祝をもっていこうと心に決めてこう日記に書いた。

「さは明日早朝にと心がまへす」

いよいよ明日久しぶりで半井家を訪ねるぞという一葉の気持が「心がまへす」という表現で生き生きと伝わってくるようである。

この日、邦子は、菊子から重大な話を聞いてきた。桃水が同居している幸子の友だち鶴田民子に子どもを生ませたというのである。そしてそれを何とか一葉にかくそうとしているというのであった。

それを追いかけるように、邦子は、また関場のところで、桃水には借金が多いということや紅葉の不品行の噂などを聞いてきて一葉に伝えるのであった。四ヵ月の間、ひそかに思慕しつづけてきた桃水の、このところ、打続く黒い噂に一葉の胸は痛むのだった。

ところが、鶴田民子の事件は、事実は、桃水の弟浩と民子との間の出来ごとであって、桃水には関係ないことであった。十月三十日、一葉はそのことを桃水の口からくわしく聞かされた。けれども一葉は、それを全面的に信ずることが出来ず、「おのれはさる心にもあらざりしかど、笹原はしる御心なめりかし」と疑問を残すのであった。

「君と我とは長火桶ひとつ隔《へだ》てゝ相対坐しぬ。例のにこやかに打笑みつゝ、こゝへ寄給へなどの給ふ。七歳にして席を同じうせざるなん行ひがたかる業ながら、かう、人気なき所に後めたくも有る事よと思ふに、ひやゝかなる汗の流るゝ心地す、いふべき事もえいひ出でやらで、手に持てるハンケチのみを、かしこき相手とまさぐり居たり。孝子嫁入らするとていたく苦労をなしぬ。世の母親が娘を縁付るなん、身のやするといふ事は偽ならず、我ながら痩にたる心地のするなどの給ふ。つぎて龍太君、鶴田民子ぬしが関係一条引出て、いと、面なげにの給ふ。さる頃野々宮して聞しめさせたる其事よ。我家より、さる醜聞の起るべきなど夢にも思はざりしものを、しらで過ぎたるなん、別ておのれがあやまりなり。さるに君がかく打絶て訪はせ給はぬなん、我身に何事か有たる様にさかしらする人や侍りけん。身はしら雪の清きをもて、うたがはれ奉るなん、いと、心ぐるしう、かつは、君が中頃より打絶させ給ひしを、小宮山などあやしがりて、某《それがし》に猶曲事《なほまがごと》ある様になん思はるゝ、これもつらし。依ていかで君に以前のごと訪はせ給はらん事をとて、いと、いひにくかりしかども、野々宮ぬしに委《くは》しく語り奉れるにこそ。おのれは、かゝる粗野なる男子なれど、貴嬢方にいさゝかも害心をなんさし挾《はさ》まぬ。されば兄弟中の醜聞より御母君などや、あやふがりて、かく引止め給ふにや。其心配なう参らせ給はゞ嬉しからんなどの給ふ。おのれは、さる心にもあらざりしかど、笹原はしる御心なめりかし。小説に付て、しばし、物語りして、先日送り置きたるなん、此頃変名にて世に出さばやなどの給ふ。恥かしき限りながら可然《しかるべく》とて依頼す。小説本四・五本かりて又こそ参らめとてたつ。例の今しばしなどの給へど、久しうあらむも、いと、つらきに、其まゝ帰る。」

桃水がせっかく野々宮菊子を通じて誤解のないようにしようとしたのに、菊子のおかげでまったく逆効果になってしまい、一葉はついに最後まで、桃水を誤解することになってしまったのである。

一葉が現実の桃水との幸せを自ら放棄して、生涯苦しみつづけた悲劇のもとは、この誤解に端を発するのである。

十月三十日の桃水との会見以後、一葉は前にもまして一生懸命書こうと努力するのだった。

「今日より小説一日一回づつ書く事をつとめとす。一回書ざる日は黒点を付せんと定む。」

と、心にきめたのは十一月四日のことである。邦子と共に内職の賃仕事に励み、萩の舎に通うかたわら、図書館に通い、創作に励む一葉は、このころの心境をこう書いている。一葉の生涯を通じて、創作に対する一葉の態度は、いつも真摯《しんし》なものであった。これはそれをはっきりと証明しているのである。

「小説のことに従事し始めて一年にも近くなりぬ、いまだ、よに出したるものもなく、我が心ゆくものもなし。親はらからなどの、なれは決断の心うとく、跡のみかへり見ればぞ、かく月日斗重ぬるなれ。名人上手と呼ばるゝ人も初作より世にもてはやさるゝべきにはあるまじ。批難せられてこそ、そのあたひも定まるなれなど、くれぐ〳〵せめらる。おのれ思ふにはかなき戯作《げさく》のよしなしごとなるものから、我が筆とるはまことなり。衣食の為になすといへども、雨露しのぐ為の業といへど、拙《せつ》なるものは誰が目にも拙とみゆらん。我れ筆をとるといふ名ある上は、いかで大方の、よの人のごと一たび読みさればば屑籠《くずかご》に投げいらるゝものは得かくまじ。人情浮薄にて、今日喜こばるゝもの明日は捨らるゝのよといへども、真情に訴へ、真情をうつさば、一葉の戯著《げちょ》といふともなどかは値のあらざるべき。我れは錦衣を望むものならず、高殿を願ふならず。千載にのこさん名、一時の為にえやは汚がす。一片の短文、三度稿をかへて、而《しか》して世の評を仰がんとするも、空しく紙筆のつひえに終らば、猶天命と観ぜんのみ。」

私たちはこうして生活の苦しさと書くことの苦しさに直面しながら、生涯それを真剣につらぬきとおした一葉のきびしい生き方の中から、涙と共に学ばねばならない。どんな時代のどんな生活の中にあろうとも、人にはそれぞれ、つらぬきとおすものがなければならないということを。どんな形でかそれはわからないが、生きるということは、自分の求めるものをつらぬき通すことだということを、一葉のはかない生涯は、私たちにこれ以上はないきびしさで訴えているように思われる。

ともあれ、こうして一葉と桃水の交際は、復活したのである。一葉は、創作しようと思う小説の趣向筋立なども桃水にたずね、いちいち教えを乞いながら、桃水との逢瀬を楽しむようになった。

処女作

十二月に入ると、一葉は桃水にお金の相談までするようになった。次第に一葉の中で桃水の占める位置が大きくなった。

年が明け、年始回りにでかけた一葉は、桃水の留守にその胸の思いに堪えがたくなり、家に帰って手紙を書くのだった。何度も何度も書直して、やっと書き終え、読み直してみると、何となく末おそろしいような気がするほどの手紙だった。出さなくてよかったと思うような手紙だったのである。

一方桃水は、真剣に書こうとしている一葉に何とか発表の場を与えてやろうと骨折って、同人雑誌を計画した。こうして出来た「武蔵野」創刊号に一葉は処女作『闇桜』を載《の》せることができた。この間のいきさつを示すのが二月四日の日記で、一葉の日記の中で最も美しいところでもある。一葉の出したはがきと入れちがいにきた、桃水の「明日拝顔し度し、来駕《らいが》給はるまじきや」に一葉は、「かく迄《まで》も心合ふことのあやしさよ」と心おどらせるのであった。

「四日。早朝より空もやうわるく、雪なるべしなどみないふ。十時ごろより霙《みぞれ》まじりに雨降り出づ。晴てはふり〱ひるにもなりぬ。よし、雪ならばなれ、なじかは、いとふべきとて家を出づ。真砂町《まさごちょう》のあたりより、綿をちぎりたる様に大きやかなるも、こまかなるも小止なくなりぬ。壱岐殿坂より車を雇ひて行く。前ぼろはうるさしとて掛させざりしに、風にきほひて吹いる雪の、いと、たへがたければ、傘にて前をおほひ行くいとくるし。九段坂上るほど、ほり端通りなど、やゝ、道しろく見え初めぬ。平川町へつきしは、十二時少し過る頃成けん。うしが門におとづるゝにいらへする人もなし。あやしみて、あまたゝび、おとなひつれど、同じ様なるは留守にやと覚えて、しばし、上りがまちにこし打かけて待つほどに、雪はたゞ投ぐる様にふるに、風さへそひて格子《こうし》の隙《すき》より吹入るゝ寒さもさむし。たへがたければ、やをら障子ほそめに明て、玄関の二畳斗なる所に上りぬ。こゝには新聞二ひら、但し(朝日、国会)配達しきたりたるまゝにあり。朝鮮釜山よりの書状一通あり、唐紙一重そなたが、うしの居間なれば、明けだにせば在否は知るべきながら例の質とて中々に入りもならず。ふすまの際に寄りて耳そばだつれば、まだ睡りておはすなるべし。いびきの声かすかに聞ゆる様なり。いかにせんと斗困じたる折しも、小田よりなりとて、年若きみづしめ郵便をもて来りぬ。こは、うしの此頃世にかくれて、人にあり家しらせ給はねば、親戚などの遠地にある人々より、書状みな小田君へむけてさし出し給ふなるべし。この使ひも、これ持来たりたるまゝ、うしをば起しもせで、よろしくなどいひて帰りぬ。一時をも打ぬ。心細くさへなりて、しはぶきなどしば〳〵する程に、目覚給ひけん、つとはね起る音して、ふすまはやがて開かれたり。寝まきの姿のしどけなきを恥ぢ給ひてや、こは失礼と斗いそがはしく広袖の長ゑりかけたる羽織き給へり、よべ誘はれて歌舞伎座に遊び、一時頃や帰宅しけん。夫《それ》より今日の分の小説ものして床に入しかば、思はず寝過しぬ。まだ十二時頃と思ひつるに、はや二時にも近かりけり。など、起しては給はらざりし、遠慮にも過ぎ給へるよとて大笑しながら、雨戸などくり明け給ふ。あなや雪さへ降り出でたるに、さぞかし困じ給ひけんとて勝手のかたへ行。手水《てうづ》などせんとなるべし。一人住みは心安かるべけれど、起るやがて車井の綱たぐるなど中々に佗《わび》しかるべきわざかなと思ひ居たるに、台じうのといへるものに消炭《けしずみ》少し入れて、其上に木片の細かにきりたるをのせて、うし持て来たまへり。火桶に火起し湯わかしに水入れて来るなど、みるめも佗しくて、おのれにも何か手伝はし給へ。お勝手しれがたければ教へ給ひてよ。先づこの御寝所かた付ばやとてたゝまんとしたるに、うし、いそがはしく押とめ給ひて、いな〳〵、願ふ事はなにもなし。それは其儘に置給ひてよと迷惑げなるに、おしてはいかゞとてやみぬ。枕もとに、かぶき座番附、さては紙入れなど取ちらしあるに紋付の羽織糸織の小袖など、床の間の釘につるしあるなど、らうがはしさも又極まれり。昨日書状を出したる其用は、今度青年の人々といはば、いたく大人顔する様なれど、まだ一向小説にならはざる若人達の研究がてら、一つの雑誌を発兌せんとなり。世にいはゆる大家なる人一人も交へず。腕限り力かぎり仆《たお》れて止まんの決心中々にいさぎよく、原稿料はあらずともよし、期する所は一身の名誉てふ計画ありて、一昨夜相談会ありたるまゝ、こは必らず成り立つべき事と思ふに、君をも是非《ぜひ》とたのみて置きぬ。十五日までに短文一編草し給はずや。尤も一二回は原稿無料の御決心にてあらまほしく、少し世に出て初めなば、他人はおきて先づ君などにこそ配当いたすべければなど、くれ〴〵の給ふ。さりながら、おのれら如き不文のもの、初号などに顔出しせんは、雑誌の為め不利益にや侍らむとて辞せば、何としてさることやある。今更に其様なこと仰せられては、中に立てそれがし甚だ迷惑するなり。先方にはすでに当になしたることなればなど詞を尽して仰せ給ふ。されば、よろしく取計らひ給ひてよ。実はこの頃草しかけし文、御めにかけばやとて今日もて参りぬ。完成のものならねどとて、持てこし小説一覧に供す。よろしかるべし、これ出し給へ。おのれは、過日ものがたりたるもの一通の文としてあらはさばやと思ふなりなどものがたらる。其中うし隣家へ鍋をかりに行く。とし若き女房の半井様お客様か。お楽しみなるべし。御浦山しうなどいふ声、垣根一重のあなたなれば、いとよく聞ゆ。イヤ別して楽しみにもあらずなどいふは、うしなり。先頃仰せられし、あのおかたかと問はれて、左なりといひたるまゝ、かけ出して帰り来たまへり。雪ふらずば、いたく御馳走をなす筈なりしが、この雪にては画餅《がべい》に成ぬとて、手づから、しるこをにてたまへり。めし給へ、盆はあれど奥に仕舞込みて出すに遠し。箸もこれにて失礼ながらとて餅やきたるはしを給ふ。ものがたり種々。うしが自まんの写真をみせなどし給ふ。暇をこへば雪いや降りにふるを、今宵は電報を発して、こゝに一宿し給へと切にの給ふ。などかはさることいたさるべき。免しを受けずして人のがりとまるなどいふ事、いたく母にいましめられ侍ると真顔にいへば、うし大笑し給ひてさのみな恐れ給ひそ。おのれは小田へ行てとまりて来ん。君一人こゝに泊り給ふに、何のことかはあるべき。よろしかるべしなどの給へど、頭をふりてうけがはねば、さればとて重太君をして車やとはせ給ふ。半井うしがもとを出でしは四時頃成けん。白がい〱たる雪中、りん〱たる寒気をおかして帰る。中々におもしろし。ほり端通り九段の辺、吹かくる雪におもてもむけがたくて、頭巾の上に肩かけすっぽりとかぶりて、折ふし目斗さし出すもをかし。種々の感情むねにせまりて、雪の日といふ小説一編あまばやの腹稿なる。家に帰りしは五時、母君妹とのものがたりは多けれどもかゝず。」

「武蔵野」発刊のことから、桃水と一葉との交渉はますます密接になっていった。三月十八日には、本郷西片町に越してきた桃水が、思いがけず、はじめて一葉の許を訪ねて来、大さわぎしたりした。帰ったあと、

「母君も国子もとり〴〵にうわさす。母君は実にうつくしき人哉、亡泉太郎にも似たりし様にて温厚らしきことよ。誰は何といふとも、あやしき人にはあらざるべし。いはゞ若旦那の風ある人なりなどの給ふ。邦子は又そは母君の目違ひ也。表むきこそやさしげなれ、あの笑む口元の可愛らしきなどが権謀家の奥の手なるべし。中々心はゆるしがたき人なりなどいふ。」

とそれぞれの思いをのべるのであった。

この間、一葉は、桃水の期待にこたえようと必死に執筆し、かなり頻繁《ひんぱん》に桃水のもとをたずねている。

「武蔵野」という大義名分にかくれ、病の床に桃水の許をたずね、「我が著作のあまりわろきに怒り給ひて、いとど御病気の重らせ給ふならずや」と聞かずにはいられないほど一葉の心は桃水に傾斜していくのであった。後に一葉は、そのころのことを、「われ日毎のやうに見舞て、様子をとへば嬉しげに物がたりすることもあり、厭はしげの時もあり。嬉しげなれば又明日も訪はましと思ひ、厭はしげなれば、何事の気に障りしにや、気嫌取らんと又あすも訪ふ。」と日記に書きつけている。一葉にとって桃水はたゞ一人のよりどころであった。そして一葉のすべてであった。桃水にかたむいた心が、小説の師であるということでよりすがる心を強めさせたのであった。苦しい生活の中でひたすら書こうとしていた一葉にとって桃水の親切なやさ

しさは何物にもかえがたかったにちがいない。そうして、どうしても行きづまると桃水のもとに助けを求めた。桃水のこうした助けがなかったならば一葉はこれほど桃水を慕ったかどうかわからないとさえいえる。一葉は必死に生活と戦っていた。明日のお米を求めていた。食べるために一葉は書くことを犠牲にするのではなく、より純粋な形でつらぬこうとした。こうした真摯《しんし》な苦しさの中で一葉はたゞ一人桃水に一途にすがっていた。それは心の飢と生活の飢とをみたしてくれる唯一のものであった。

「武蔵野」創刊号に載った『闇桜』は、「燈ともし頃を散る恋の心いとあはれなり」と評された位で大した評判にもならず、小宮山即真がせっかく一葉のための雑誌のようだといって励ましてくれたこの雑誌も、二号に『玉襷《たまだすき》』を載せ、その後『五月雨』を載せると廃刊になってしまった。

桃水はそこで今度は、当時の文壇の第一人者である尾崎紅葉につかせてやろうと骨折ってくれた。紅葉は当時硯友社を主宰し、読売新聞の専属作家でもあった。桃水は「かれに依《よ》りて読売などにも筆とられなば、とく多かるべし。又月々に極めての収入なくば、経済のことなどに心配多からんとて、是をもよく〳〵計らんとす。（中略）委細畑島に、いとよくたのみて、それが知人より頼み込せしなり。此二日三日のほどに君一度紅葉に逢ては見給はずや。」というのであった。一葉は桃水の親切な骨折りに感謝して有難いと思うのだった。一葉の作家としての前途はようやく開けかかったのである。

醜聞・別離

しかし悲劇は意外なところから発生した。六月の或る日、一葉は萩の舎で伊東夏子に「君は世の義理や重き、家の名や惜しき、いづれぞ」と問いつめられ、桃水との交際を断つようにいわれるのだった。寝耳に水の一葉は、それをきっかけに気をつけてみると萩の舎の友だちはそれとなく折にふれて一葉にそのことをほのめかすのだった。なんだか皆が自分の噂でもちきりのように思われて、いやな感じだった。思いあまって中島歌子に相談すると歌子は不思議そうに一葉をみ、桃水とは何の約束もしていないのかといい、

「実はその半井といふ人、君のことを世に公に妻也といひふらすよし、（中略）おのづから縁しありて、足下にも此事ゆるしたるならば、他人のいさめを入るべきにも非ず。もし全く其事なきならば交際せぬ方宜かるべし。…」

というのであった。

あまりのことに一葉は、頭に血が、か－っと上ってしまったような興奮を覚えるのだった。鶴田民子に子どもまで生ませておきながら、と思うと一葉は桃水に許しがたい怒りを覚え、「成らば、うたがひを受けしここらの人の見る目の前にて、其ししむらをさき、膽《きも》を尽くして、さて我心の清らけきをあらはし度しとまで」思うのだった。すさまじい、異常ともいえるこの怒り方は、どんなに一葉が、このことに傷つき、心を乱されたかを如実にあらわしている。一葉の混乱ぶりは、裏返せば、桃水に対する一葉の思慕の強さを示すものでもあった。民子の事件の誤解から、一葉は、まるで自分が妾同様にあつかわれたと思い込んだのである。

一葉の悲劇はここから生まれたのであった。一葉は、このような恥辱に耐えられなかったのである。寝むられぬ夜を過した一葉は、翌日、さっそく桃水のもとに行き、中島歌子に教えられた通りに話した。

「師の君のもとに家の内取まかなふ人なく、我行き居らでは、もの毎に不都合也とて、いとせめて頼まれぬ。さるを無下にはなど断わらるべき。とし月の恩といふ義理は、くろがねの刃も立ず。今しばらくは手伝ひ居らんとす。さすれば、いつぞや仰給はりし紅葉君のことも、何も先へ寄りの事ならずば、折角御目通りしてからが、筆も取りがたくば其かひあるまじく、お前様へ不義理にも成り申すべし。この事申さんとて今日はいさゝかのひまもとめて参りつるなりといふ。それぞ困りたるもの也。尾崎の方も万々話しとゝのひて、いつにてもあれ、御目にかゝらんといふとか。明日にも手紙にて君に其通知せんと思ひしを今に成て断りもいひ難し。いかにぞや、筆とることはとまれ一度対面丈なし置給はずやといふ。さりながら御目通りせし上にて筆取りがたしといはゞ何の甲斐もあるまじ。我も色々心にかゝる事ありて、物がたりには尽し難けれど、こゝにかしこに、いとものうるさく身を責る頃なればといふ。さらば先兎角師の君に打明し給へよ。いつまで包み給ふともかくしおほせらるゝにもあらじ。其上にてよき考案つけらるゝぞよき。こゝにかしこに義理だて斗し給ふとも家計のことなどもあり。心を労し給ふほど人は察し中間敷になどかたらる。常ならましかば、いか斗嬉しと聞く言の葉ならむ。今日は何となく上の空なり。」

桃水に向いながら一葉は、そわそわと落つかなかった。桃水が、一葉の気持をやわらげようと冗談をいっても、笑うどころではなく、用件を言い終わると、早々に引上げるのであった。

こうして一葉は、桃水との交際を断つことになった。結果的にみればこの桃水との離別によって一葉に新しい文学の道が開け、作家としての契機にはなったのであるけれども、現実の一葉は、唯一の心のより所を失うことになるのだった。けれどもまた、これによって、すべてを失ってしまったと思ったここから、一葉は、新たに桃水を恋するようになるのである。

一週間後、一葉は、借りていた書物を持って、改めて桃水を訪うのだった。今日を限りと思い火桶に対《むか》いあってしんみりと話していると、今さらに、桃水との別れが身にしみてきた。思うと涙があふれそうにさえなるのであった。

思いきって一葉は、桃水との噂を明かし、

「我身だに清からば、世の聞えはゞかるべきにも非ずとおもへど、誰は置きて、師の手前是によりて、うとまれなどせられなば、一生のかきんに成べき。それ愁はしう、と様かうざまに案じつれど、我君のもとに参り通ふ限りは、人の口ふさぐこと難かるべし。依りて今しばしのほどは御目にもかゝらじ、御声も聞じとぞおもふ。其こと申さんとて也。しかはあれど、我は愚直の性、かならず〳〵受参らせたる恩わするものには候はず。かゝること申出る心ぐるしさ推し給へ」と訴えるのであった。

最後の別れを惜しんで今しばし、と語り合っていると、一葉は今さらに、桃水に心ひかれている自分を悟るのだった。別れなければと思うそばから「猶《なお》目の前に心は引かれて此人のいふこと〳〵に哀《あわれ》に悲しく涙さへこぼれぬ。我ながら心よはしや」と自らを思うのであった。一葉の家にも噂はきこえて、心配したと見え、邦子が迎えにきた。邦子と共に帰る道すがら、一葉は、もう会うこともない桃水を思い、ともすれば後をふりかえりそうになるのであった。

機会《チャンス》

紅葉への紹介も断《こと》わり桃水に離別を宣言した次の日、ちょうど田辺花圃が訪ねてきた。桃水に頼ることのできなくなった一葉は、そのことを話して花圃に相談した。今まで一度も頼ったことのなかった花圃に一葉は相談した。一葉はこれからも小説を書く希望は捨てていなかったし、生活のためにも書かなければならなかったから、どうしてもそれに力を貸してくれる人が必要だったのである。

この日の日記に「田辺君参り合ひて種々もの語りす。半井君のことをいふ。此方の縁を断ちて、更に都の花などにも筆を取らんといふ相談也。」とあるのがそれで、花圃は、「藪の鶯」以来金港堂とは親しかったので、周施してやろうと言ったのである。

こうして、一葉は、時々訪ねてくる野々宮菊子から桃水の噂を聞くのを慰めに、貧困と戦いながら「都の花」への執筆に努力するのだった。かたわら図書館に通い、萩の舎に通う一葉にこのころから頭痛のはげしさがおそうのだった。日記をみると、ひっきりなしに頭痛になやまされ続けながら必死に貧しさと戦い生活している一葉がよく分る。

八月二十八日の日記には、一家の窮乏が次のように書かれている。

「我家貧困只《ただ》せまりに迫りたる頃とて、母君いといたく歎き給ふ。此月の卅日かぎり山崎君に金十円返却すべき筈《はず》なるを、我が著作いまだ成らず、一銭を得るの目あてあらず。人に信をかくこと口惜しとてなり。種々談合。おのれ国子ある限りの衣類質入して一時の急をまぬがればやといふ。母君の愁傷これのみとわびし。」

久保木の姉が水道橋の袂《たもと》から、妊娠中の身を投げて、死のうとした事件が起こったのもこの頃である。内も外も、苦しいことばかりの中で、一葉はこの時必死に『うもれ木』を書いた。

九月十五日、やっと出来上った『うもれ木』をもって花圃を訪ね、三宅雪嶺との婚約を聞かされた。「うもれ木」は、「都の花」に掲載され、原稿料は一枚二十五銭だというはがきを花圃から受けとると、さっそく「母君此はがきを持参して、三枝君のもとに、此月の費用かりに行く。心よく諾されて六円かり来る。そは、うもれ木の原稿料十円斗とれるを目的になり。」という始末だった。借金の目あてに原稿を書くような綱わたりの生活なのである。

『うもれ木』は、十一月二十日発行の『都の花』に掲載された。次兄虎之助をモデルに、世に入れられない名人気質の陶工の一生を描いたもので、幸田露伴の小説の世界に近いものである。在来の一葉から抜け出そうと意識的に男性の世界を描いたもので一葉独特の抒情性はあまりない。

しかしこれが星野天知、平田禿木、戸川秋骨などの目にとまり、後に「文学界」への関係をうながすことになるのである。

『うもれ木』によって金港堂の編集人藤本藤陰に認められた一葉はこの年ほかに『暁月夜』を書いた。

そして相変わらずの不安定な生活にも次第に作家としての前途が開けてくるようになった。花圃から、透谷、天知たちによって「文学界」が創刊されること、一葉もぜひ寄稿するように奨められたのもこの頃であった。家では、

「かく雑誌社などより頼まるゝ様に成しはもはや、一事業のかたまりしに同じ」

と母も妹も手をとりあって喜ぶのであった。

この年の暮は、『暁月夜』の原稿料十一円四十銭を受けとったおかげで

「いとのどかなる大晦日にて母君家を持ちし以来この暮ほど楽に心を持しことなしとていたく喜ばる」

ような年の瀬をすごすことができたのであった。この時の「家に帰りし時は餅も来たりぬ、酒も来たりぬ、醤油も一樽来たりぬ、払は出来たり、和風家の内に吹くこそさてもはかなき」以下の日記は実に美しく、一葉の心のふくらみが伝わってくるような文章である。

思慕

年が明けると一葉は、花圃のすすめによって「文学界」に『雪の日』を送った。過ぎし日、桃水のもとを訪ねたあの雪の日の帰り道、書こうと思い立った小説ではあったが、出来上ったものはあまりよくなかった。しかし、それとは別にあの雪の日の想い出は、一葉の中で何度も何度も思い返され、雪の降る日には

「こゝら思ふことをみながら捨てゝ、有無の境をはなれんと思ふ身に猶《なお》しのびがたきは此雪のけしきな

り。とざまかうざまに思いつづくるほど胸のうち熱して堪がた」き思いにかられるのであった。

「この恋成るまじき物と我からさだめて、さても猶わすれがたく、ぬば玉の夢うつゝおもひわづらふ……」

一葉は、この頃から次第に落つきをなくしていくのであった。

「著作のこと、こゝろのまゝにならず。かしらはたゞいたみに痛みて、何事の思慮もみなきえたり。」

こういう状態の一葉のところに、二月二十三日の夜、突然桃水が自分の新しく出た単行本『胡砂吹く風』を持って訪れた。「明ぬれど暮ぬれど嬉しきにも悲しきにも露わすれたるひまなく夢うつゝ身をはなれぬ人の」突然の来訪に、一葉は、「胸はたゞ大波のうつらん様に成て、おもひがけず、たゞ夢とのみあきれ」「何事も靄《もや》の中にさまよふ様」な気持になるのだった。一葉はこのころはすでに桃水の文学的な価値は認めなくなってはいたが、「いでよしや此小説うき世の捨ものにて、人の為には半文のあたひあらずともよし」と桃水その人をしたって夜の明けるまで読みふけるのであった。

一方、こうした中で一葉一家の生活はさらに窮乏をきわめていった。三月十五日の日記には、

「昨日より家のうちに金といふもの一銭もなし。母君これを苦るしみて、姉君のもとより二十銭かり来る。」

三十日になると、

「我家貧困日ましにせまりて、今は何方より金かり出すべき道もなし。母君は只《ただ》せまりにせまりて、我が著作の速かならんことぞの給ふ」

ようなありさまだった。

知人が亡くなったと知っても「是非《ぜひ》とぶらはまほしきを、香花の料いかにして備ふべき、家は只貧せまりにせまりて、米しろだに得やすからぬ」状態で母や妹にしきりにせめられたりするのだった。

一葉はこういう苦しい生活の中で、追いつめられると何時も桃水を思うのだった。

「わが心より出たるかたちなれば、などか忘れんとして忘るゝにかたき事やあると、ひたすらに念じて忘れんとするほど、唯《ただ》身にせまりくるがごと、おもかげまのあたりにみえて、得堪ゆべくも非ず。ふと打みじろげば、かの薬のさとかをる心地して、おもひやるこゝろや、常に行かよふと、そゞろおそろしきまでおもひしみにたる心なり。かの六条の御息所《みやすどころ》のあさましさをおもふに、げに偽りともいはれざりける。」

こうして桃水への思いに堪えかねた一葉は、次の日、母や妹にかくれて、彼のもとを訪ねるのだった。知り合いに逢うまいと必死に急ぎゆく一葉の心は、後の「裏むらさき」に創作化されるもとともなった。

桃水への思慕は日ましにつのり、「憂ひ来りては彼の人をおもひ、力よわくしては彼の人をおもふ」といゝ「よし、此身あればこそかゝる物思ひもするなれ。淵にも入らなん、海にもしづまなん。すべて、うき世のそしりも厭《いと》はじ。親はらからの歎きもおもはじ」とさえつきつめた心になるのだった。

もろともにしなばしなんといのるかな
　あらむかぎりは恋しきものを

恋の歌が、しきりに日記の中に出てくるのもこのころである。

こうした状態では、原稿を書くことなど、到底できなかった。六月十二日には、「文学界」の原稿依頼も断った。原稿の書けなくなった一葉は、「此月も一銭の入金のめあてなし。」という一家をかかえ、ついに今までの生活を百八十度転換せざるを得なくなった。

六月二十九日の日記がそれである。

「此夜、一同熟議実業につかん事に決す。かねてよりおもはざりし事にもあらず、いはゞ思ふ処《ところ》なれども、母君などのたゞ歎きになげきて、汝が志よわく立てたる心なきから、かく成行ぬる事とせめ給ふ。家財をうりたりとて、実業につきたりとて、これに依《よ》りて我が心のうつろひぬるものならねど、老たる人などは、たゞ、ものゝ表のみを見て、やがてよしあしを定め給ふめり。世渡りのむづかしきはこれをとるもかれを取るもおなじかるべし。これより行路難いかにぞや。されども我らはらからはうきよのほめそしりをかへり見るものならず。唯おのれのよしとみて進む処にすゝまんのみ。霜ばしらくづれなば、又立なほさんのみ。」

竜泉寺町時代

―塵の中―

文学と糊口

「人つねの産なければ、常のこゝろなし。手をふところにして、月花にあくがれぬとも、塩噌《えんそ》なくして、天寿を終らるべきものならず。かつや文学は糊口の為になすべき物ならず。おもひの馳《は》するまゝ、こゝろの趣《おもむ》くまゝにこそ筆は取らめ。いでや是《こ》れより糊口的文学の道をかへて、うきよを十露盤の玉の汗に商ひといふ事はじめばや。もとより桜かざしてあそびたる大宮人のまどゐなどは、昨日のはるの夢とわすれて、志賀の都のふりにしことを言はず。さゞなみならぬ波銭小銭厘か毛なる利はもとめんとす。さればとて三井三びしが豪奢も願はず。さして浮よにすねものゝ名を取らんとにも非らず。母子草のはゝと子と三人の口をぬらせば事なし。ひまあらば月もみん花もみん。興来らば歌もよまん文もつくらむ。小説もあらはさん。唯読者の好みにしたがひて、此度は心中ものを作り給はれ。歌よむ人の優美なるがよし。涙に過ぎたるは人よろこばず。繊巧なるは今はやらず。幽玄なるは世にわからず。歴史のあるものがよし。政治の肩書あるがよし。探てい小説すこぶるよし。此中にてなどと欲気なき本屋の、作者にせまるよし、身にまだ覚え少なけれど、うるさゝはこれにとゞめをさすべし。さる範囲の外にのがれて、せめては文学の上にだけも義務少なき身とならばやとてなむ。されども生れ出て二十年あまり、向う三軒両どなりのつき合ひにはならはず、湯屋に小桶《こおけ》の御あいさつも大方はしらず顔してすましける身の、お暑うお寒う、負けひけのかけ引、問屋のかひ出し、かひ手の気うけ、おもへばむづかしき物也《なり》けり。ましてや、もとでは糸しんのいと細くなるから、なんとなうしばしゐの葉のこまった事也。されど、うき世は、たなのだるま様。ねるもおきるもわが手にはあらず、造化の伯父様どうなとし給へとて

とにかくにこえるをみまし空せみの
よわたる橋や夢のうきはし

新しい生活を前にして一葉はその決意をこのように語っている。こうして方々へ借金に奔走し、ようやく知人に十五円融通してもらい、これだけはと今まで残しておいた衣類も「万はみな非也けり」として十五円で売ってしまうのである。若い女の一葉にとって、こゝまで思い切るのは容易なことではない。そして作家一葉は又、こうした中から生まれたのである。

ささやかな資金をもって、七月十五日から家探しをはじめた一家は、十七日に竜泉寺町にやっと次のような小さな家をみつけ、こゝにきめた。

「……間口二間、奥行六間斗なる家あり。左隣りは酒屋なり（中略）雑作はなけれど、店は六畳にて、五畳と三畳の座敷あり。向きも南と北にして都合わるからず見ゆ。三円の敷金にて、月壱円五十銭といふ

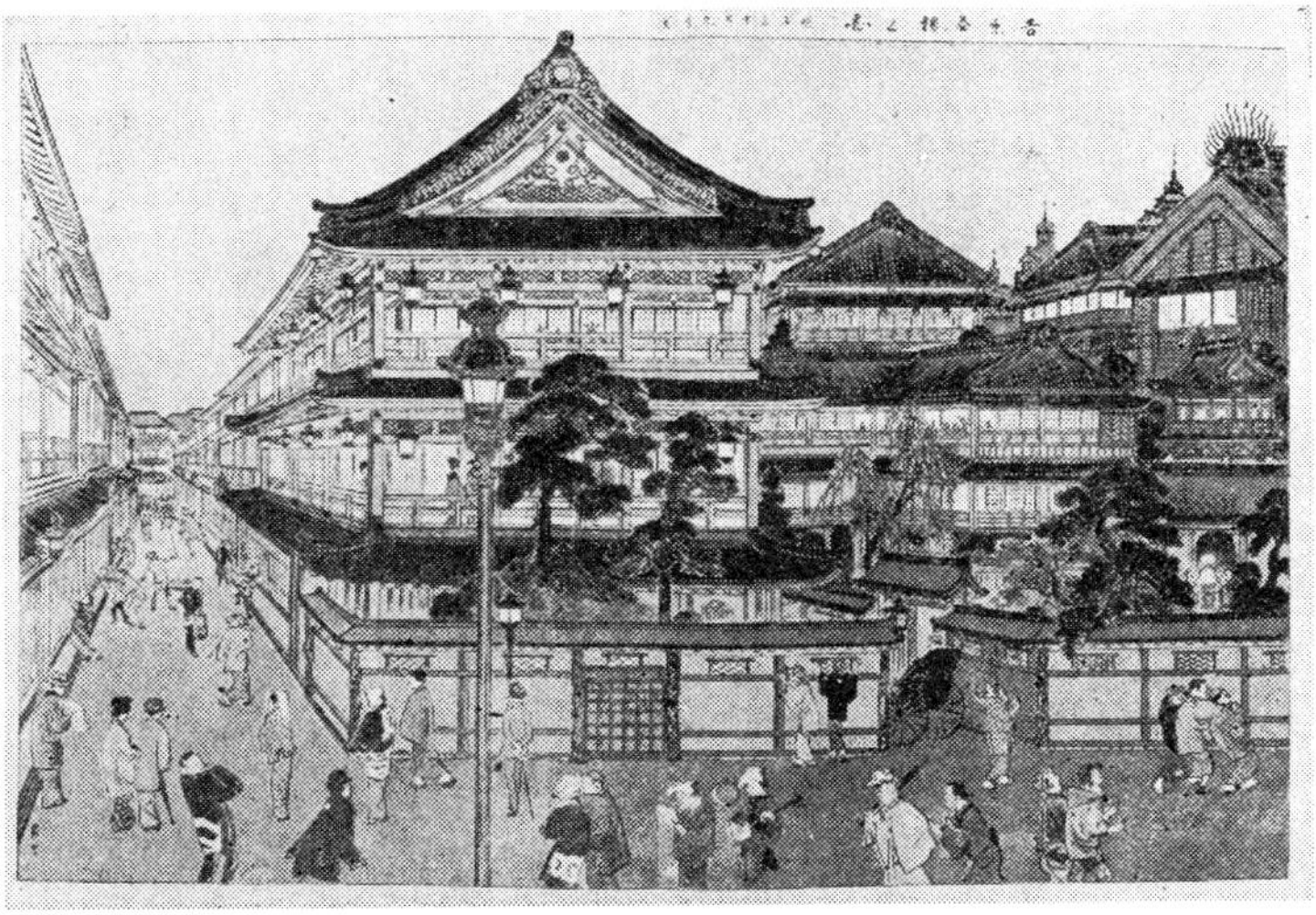

吉　原

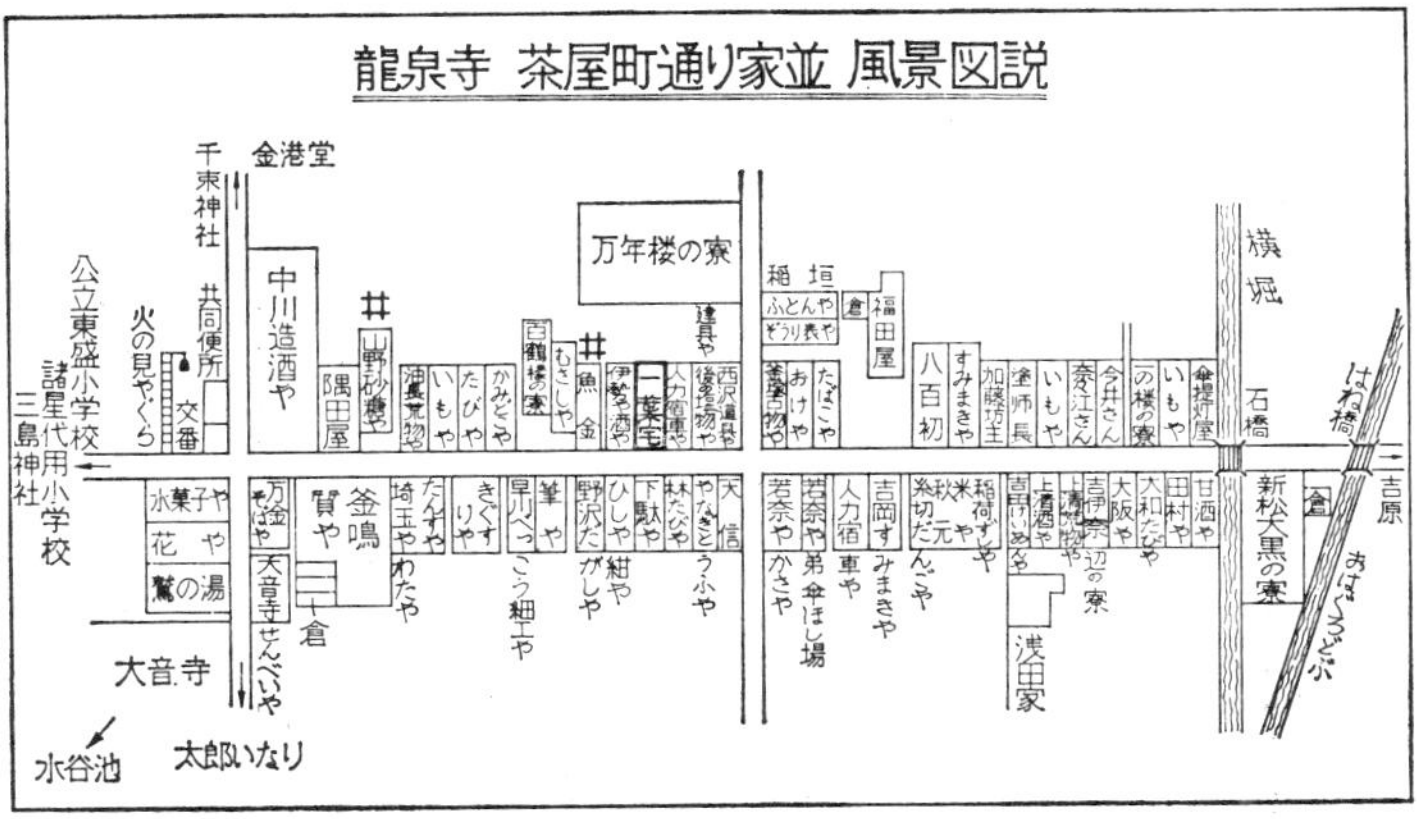

龍泉寺町一葉宅付近の家並

に、いさゝかなれども庭もあり。其家のにはあらねど、うらに木立どものいと多かるもよし」

このようにして、名作「たけくらべ」の舞台となった竜泉寺町にいよいよ一葉は住むことになるのである。この町のようすは一葉の日記に次のようにいきいきと描かれている。

荒物屋

「此家は、下谷よりよし原がよひの只《ただ》一筋道にて、夕がたよりとゞろく車の音。飛ちがふ燈火の光り、たとへんに詞《ことば》なし。行く車は、午前一時までも絶えず。かへる車は、三時よりひゞきはじめぬ。もの深き本郷の静かなる宿より移りて、こゝにはじめて寝ぬる夜の心地、まだ生れ出でゝ覚えなかりき。家は長屋だてなれば壁一重には人力ひくおとこども住むめり。商ひをはじめて後はいかならむ。其ものどもゝ、お客なれば気げんにさからはじとつとむるにこそ。くるわ近く人気あしき処と人々語りきかせたるが、男気なき家の、いかにあなづられてくやしき事ども多からむ。何事もわれ一人はよし。母は老ひたり。邦子はいまだ世間をしらず、そがおもひわづらふ景色を見るも哀也。さて、あきなひはいかにして始むべきなど、千々にこゝろのくだけぬ。蚊のいと多き処にて、藪蚊といふ大きなるが、夕暮よりうなり出る、おそろしきまで也。この蚊なくならんほどは、綿入きる時ぞとさる人のいひしが、冬までかくてあらんこと佗《わび》し。井戸はよき水なれども深し。何事もなれなば、かく心ぼそくもあるべきならず。知る人も出来、あきなひに得意もふゆべし。そは憂しとても程なき事也。」

いよいよ新しい生活がはじまる。塵の中での生活がはじまる。そう思って一葉はさまざまの思いにとらわれて、胸のわくわくするほどの感慨をいだいたにちがいない。そうして今までとはまったく違う人生がはじまるのだと、とどろく車や飛ちがう燈火の中で何度も何度も思ったであろう。「今宵は何かむねさわぎて睡《ねむ》りがたし。さるは新生涯をむかへて旧生涯をすてんことのよこたわりて也。」と書いた昨夜の菊坂町での最後の思いが実感として改めてじーんと胸にきたにちがいない。さまざまの思いに一葉は、夜の白らむまでまんじりともせずに闇の中で目をこらしていた。一葉をこうした感慨に追いやったものは、だが決して単なる生活の不安からではなかった。一葉を追いつめたものは、桃水以外の何物でもなかったのである。

「唯かく落はふれ、行ての末にうかぶ瀬なくして朽も終らば、つひのよに斯の君に面を合はする時もなく、忘られて、忘られはてゝ、我が恋は行雲のうはの空に消ゆべし。昨日まですみける家は、かの人のあしをとゞめたる事もあり。まれには、まれ〳〵には、何事その序《ついで》に、家居のさまなりとも思ひ出でゝ、我といふものありけりとだにしのばれなば、生けるよの甲斐ならましを、行ゑもしれずかげを消して、かくあやしき塵の中にまじはりぬる後、よし何事のよすがありておもひ出られぬとも、夫は哀れふびんなどの情にはあらで、終に此よを清く送り難く、にごりににごりぬる浅ましの身とおもひ落され、更にかへりみらるべきにあらず。かくおもひにおもへば、むねつとふさがりていとゞねぶりがたく、暁のくる、はやう聞えぬ。此宵は大雷にて、稲づま恐ろしく光る。」

このころの一葉は生活の重みと精神的負担のためにともすれば足をすくわれそうな零落意識に悩みつづけている。かろうじてそれをささえるのが、刹那主義とでも呼ぶべき生活の実感であった。七月二十五日の日

記には、

「落ぶれてそでに涙のかゝるとき人の心の奥ぞしらるゝとは、げにいひける言葉哉。たらぬことなき其むかしは、人はたれもたれも情ふかきもの、世はいつとてかはりなきものとのみ思ひてけるよ。人世之行路難は、人情反ぷくの間にあるこそいみじけれ。父兄よにおはしましける昔しの人も、こゝにかく落はふれぬる今日の人も、見るめに何れかはりも覚えざれど、心ざまのいろ〳〵を見れば、浮世さながらうつろひぬる様にこそおぼゆれ。さればこそ人に義人君子とよばるゝは少なく、貞女孝子のまれなるぞ道理なる。人は唯《ただ》、其時々の感情につかはれて一生をすごすもの成けりな。あはれ、はかなのよや。さりとては又哀れのよや」

と書いている。こうした実感をもった一葉はその後の日記の中で、次第にしたたかな大胆さをもって姿をあらわすようになるのである。商売をはじめるための借金に走りまわっているときの日記をみると

「彼れほどの家に五円、十円の金なき筈はあらず。よし家にあらずとて友もあり、知人もあり。男の身の、なさんとならば成らぬべきかは。殊《こと》に、母君のかしら下ぐる斗にの給ひけるをにや。とさまかうさまにおもへど、かれは正しく我に仇せんとなるべし。よし仇せんとならばあくまでせよ。樋口の家に二人残りける娘の、あはれ骨なしか、はらはたなしか。道の前には羊にもなるべし。仇ときゝて、うしろを見すべき我にもあらず。虚無のうきよに、好死処あれば事たれり。何ぞや、釧之助風情が前にかしらを下ぐるべきかは。上に母君おはしますにこそ、何事もやすらかにと願ひもすれ、此一度のふみを出して其返事の

も様に寄りてはとおもふ処ありけり。」

と書きながら、翌日その借金依頼の手紙を出す時は、「字句つとめてうや〳〵しく、ひたすらにたのみてやる」のであった。塵の中にまで身を落したと感じた一葉が生活の実感として得たものは、一皮むいた人間の真実の姿であった。次第にしたたか振りを見せてくる一葉の人間を見る目の深まりの中から、作家としての一葉がつくられていくのである。「塵の中」と名づけられた竜泉寺町以後の日記が、それ以前のものとは比較にならないほど、むだのない、適確な描写で、あるリズムさえ感じさせるほどいきいきとしてくるのはそれゆえになのである。

開店資金にあちこちかけまわり、品物を仕入れてやっと店開きできたのは引越してから十七日目の八月六日であった。

「二間の間口に五円の荷を入れけるなれば、其淋しさおもふべし。幸ひに田部井よりがらす箱を買ひおきしかば、それにて少しものにぎやかに成ぬ。」

というようなささやかな店ではあったが、荒物雑貨・文房具・子供相手のおもちゃや菓子類をならべた店先には子どもたちが集まって、結構繁昌した。一方では吉原の針仕事をしながらの商売で、なかなか忙しかった。

「此頃の売高、多き時は六十銭にあまり、少なしとても四十銭を下る事はまれ也。されど、大方は五六厘の客なるから、一日に百人の客をせざる事はなし。身の忙しさかくてしるべし。」

そして一葉は、神田の多町まで、仕入れに行って自ら大きな風呂敷包を背負って帰る生活に次第になれて行くのであった。一方で頭痛のはげしさにおそわれ続けながら、生活に忙殺されていく一葉のようすが日記にあざやかである。しかし、生活が軌道にのり、まがりなりにも新しい生活になれてくると文学への郷愁がむくむくと頭をもたげてきた。十月九日の日記には、次のような記事がみえる。

「此二日より、晴雨とも、日々図書館にかよひて暮しけるが、今日はえゆかで、奥なる一間にこもりて書をよむ。店は、昨日一昨日よりうれ高いと多く成りて、邦子のいそがしきこと、起居ひまなし。さるは、近き処にもとより有ける家の、我家にうりまけて店をとぢけるが二軒あるよしに聞けば、それが為なるにや。さしもきそひ心などの有るにも非ず。おのづからにまかせて、商ふものから、店をあづかる国子に運といふものあればなるべし。」

買い出しは相変わらず一葉が担当であったけれど、店番は邦子の役目ときまり、ひまを見つけては図書館通いをするようになるのである。

十月二十五日には、禿木が訪ねてきた。

「午後、平田禿木氏来訪。来月の文学界にかならず寄書なすべきを約す。七月以来、はじめて文海の客にあふ、いとうれし。」

こうして一葉は再び、文学に心をうばわれていくのであった。「文学界に出すべきものも、いまだまとまらざる上に、昨日今日は商用いとせわしく、わづらはしさたえ難し。」と思うようになり、創作の苦心に「これならずんば死すともやめじと只案じに案ず」ような一葉になっていくのであった。この時書いたのが、

「琴の音」で、「文学界」十二月号に掲載されると共に、次第に「文学界」同人たちとの交際も密接になっていくのである。

音にきくさとのほとりに来てみれば
うべこゝろある人はすみけり

禿木は十一月の末のある日、こんな歌をよんで一葉におくるのだった。

一方、十一月のなかばには萩の舎の中島歌子を久しぶりに訪ねて、語り合ったりもした。

迷い

年が明けて、一月七日、向かい側に同業の店が出来て次第に一葉の店は、振わなくなってきた。二月の日記には

「此月や、いふべき金の、何方より入るべきあてもなきに、今日は、我が友のうちにてもこしらへ来んとて家を出づ。さはいへど伊東ぬしのもとには、かねてより負債も多し。又我心を、なごりなく知りたりとも覚えぬ人に、かゝる筋のこと、度々いふべきにもあらず。いかにせんと思ふに、かの西村が、少なからぬ身代にはらふくるゝを、五円十円の金を出させなば、いつにても成ぬべし。我はもとより、こびへつらひて人の恵みをうけんとにはあらず。いやならばよせかし。よをくれ竹の二つわりに、さら〳〵といふ

てのくべきのみと思ふ。」

とあり、借金にあれこれと心をわずらわしながら年始回りをしている一葉のようすがよくわかる。その時の一葉の恰好といったら、あわれを通りこしてまるで落語のようである。

「きるべきものゝ、塵ほども残らずよその蔵にあづけたれば、仮そめに出んとするものもなし。邦子の、からうじて背中と前袖とゐりさまぐ\にはぎ合せて、羽をりだにきたらましかば、ふとは、はぎ物とも覚えざる様に小袖一かさねこしらへ出たり。これをきて出るに、風ふくごとの心づかひ、ものに似ず。寒風おもてをうちて寒さ堪がたき時ぞともなく、冷汗のみ出るよ。」

一葉の心は迷い出した。

「中々におもふ事はすてがたく、我身はかよわし。人になさけなければ、黄金なくして世にふるたつきなし。すめる家は追はれなんとす。食とぼしければ、こゝろつかれて、筆はもてども夢にいる日のみなり。かくていかさまにならんとすらん。死せるかばねは、犬のゐじきに成りて、あがらぬ名をば野外にさらしつ。千年の後、万年の春秋、何をしるしに此世にとゞむべき。岡辺のまつの風にうらむは、同じたぐひの人の末か、わびし。」

一葉は、今の生活が次第に堪えられないものになってきた。一葉の心にはすさんだ風が吹きあれていた。二日に訪ねた中島歌子のところでは、花圃が家門を開く話をきいた。借金に借金を重ねて、その日暮しの一葉には、思いもよらないことであった。二月二十五日、一葉は日記に、「『女学雑誌』に、田辺龍子、鳥尾ひろ子の、ならべて家門を開かるゝよし有けるとか、万感胸にせまりて、今宵はねぶること難し。」と書いている。

危険な賭

生活の困難と彼女のすさんだ心は、ついに、彼女を思いもかけない行動にかりたてたのであった。二月二十三日彼女は、一面識もない観相家の久佐賀義孝を、本郷真砂町に訪ねるのだった。当時、天啓顕身術会なるものを開いていた彼を

「うきよに捨ものゝ一身を、何処の流にか投げ込むべき。学あり、力あり、金力ある人々によりて、おもしろく、をかしく、さわやかに、いさましく世のあら波をこぎ渡らんとて、もとより見も知らざる人の、ちかづきにとて引合せする人もなければ、我れよりこれを訪はんとて也」

と捨身な態度で訪ねたのである。

「……入りて玄関におとなへば、おうとあらゝかに答へて、書生成べし、十七八の、立ながら物いふ男、二間なる障子を五寸斗《ばかり》あけてものいふ。下谷辺より参りたるものなれど、先生にこまぐくお物語せまほしく、御人少なゝる折に御見ねがひたければ、何時出てしかるべきや、御取次給はるべしといへば、鑑定にはおはしまさずやととふ。いな鑑定にはあらずといふ。さらば事故にこそ、御名前はと又とふに、はじめて出たるなれば、通じ給ふとも名前の甲斐はなけれど、秋月と申させ給へとこたへけり。……敷つめたる織物の流石に見にくからず。十畳斗なる処に、書棚、ちがひ棚、黒棚など、何処の富家よりおくられ

けん、見るめまばゆし。額二つありしが、一つは静心館とやありし。今一つは何成けん。床は二幅対の絹地の画也。床を背にして、大きやかなる机をひかへ、火鉢の灰かきならし居るは、其人ならん、年は四十斗にや、小男にして、音声静かにひくし。机の前に大きなる火桶ありて、そが前にしとね敷たる。それに座せよとてしきりにすゝむ……」

「(前略) 我れはまことに窮鳥の飛入るべきふところなくして、宇宙の間にさまよふ身に侍る。あはれ広き御むねのうちに、やどるべきとまり木もや。まず我がことを聞きたまふべきやといへば、よし、おもしろし、いで聞かんと身をすゝます。」

こうして彼女は今までの苦しい生活を語り、こう訴えるのだった。

「(中略) すでに浮世の望みは絶えぬ。此身ありて何にかはせん。いとをしとをしむは親の為のみ。さらば一身をいけにゑにして、運を一時のあやふきにかけ、相場といふこと為して見ばや。されども、貧者一銭の余裕なくして、我が力にて我がことを為すに難く、おもひつきたるは先生のもと也。窮鳥ふところに入たる時は、かり人もとらずとかや。天地のことはりをあきらめて、広く慈善の心をもて万人の痛苦をいやし給はんの御本願に思し当ることあらば教へ給へ。いかにや先生、物ぐるはしきこゝろのもと末、御むねの内に入たりやいかにと問へば、(中略) 君がすぐれたる処をあげたらば、才あり、智あり、物に巧あり、悟道の方にもゑにしあり。をしむ処は、望みの大にすぎてやぶるゝかたち見ゆ。福禄十分なれども、金銭の福ならで、天禀うけ得たる一種の福なれば、これに寄りて事はなすべきにこそ。商ひと聞だに君には不用なるを、ましてや売買相場のかちまけをあらそふが如きは、さえぎって止め申すべし。あらゆる望みを胸中よりさりて、終生の願ひを安心立命にかけたるぞよき。こは君が天よりうけたる天然の質なればといふ。をかしやな、安心立命は今もなしたり。望みの大に過ぎてやぶるゝとは、何をかさし給ふらん。五うん空に帰するの暁は、誰れか四大のやぶれざるべき、望も願も夫までよ。我が一生は破れ破れて道端にふす乞食かたゐの夫こそは終生の願ひ成けれ。さもあらばあれ、其乞食にいたるまでの道中をつくらんとて朝夕もだゆる也。つひに破るべき一生を、月に成てかけ、花に成て散らばやの願ひ。破れを願ふほかにやぶれはあるまじやは。要する処は、好死処の得まほしきぞかし。先生、久佐賀様。此の好死処をしへ給はらずや。世に処す道のさま〴〵もうるさし。おもしろく、花やかに、さわやかの事業あらば、をしえ給へと、やう〳〵打笑みて語り出れば、其処也、そこ也と久佐賀もあまたたび手をうつ。されども、円満を願ふはうきよのならひにして、円満をつかさどるは我がつとめなり。破れの事は、俄《にわ》かに語るべからず。そも君は何を以《もっ》て唯一のたのしみと覚すぞや、それ承んとある。錦衣九重、何かたのしからん。自然の誠にむかひて、物いはぬ月花とかたる時こそ、うきよの何事も忘れはてゝ、造化のふところにおどり入ぬる様には覚ゆれ、此景色にむかひたる時こそとこたふ。あはれ自然の景を人間にうつして御覧ぜよ。はじめて我が性の偶然ならざるを知り給ふべし。（中略）我れは精神の病院に成て痛苦の慰問者に成て、人世のくずやになりて、ぼろ、白紙、手ならひ草紙、あれをもこれをもかひあつめ、撰分て其むき〳〵の働きを為させんとす。（中略）ふるきをかへして新たにし、破れをとゝのへてまったふするは我が役なり。のたまふ処は、我が賛成する処にして、君が性は、我が愛し度本願にかなへり。月花を愛し給ふ心の誠をもとゝしたらば、其ほかの出来ごとは瑣事ならずや。(中略)と、かたり来る久佐賀も、いよ〳〵こと多く成て、会員のもの語、鑑定者のさま〴〵、談じ来り談じさり、語々風を生ず。我も人も、一見旧識の如し。ものがたり四時にわたる。(後略)」

こゝにははじめて桃水のもとを訪ねた時の姿をしのぶべくもないほど、たくましくなった一葉がいる。苦しい生活とたたかいつづけた三年の月日が一葉を変えたのである。

一葉はこの久佐賀から何とか金を引出そうと、思わせぶりな態度をとったらしく、さっそく久佐賀の方から「君が精神の凡ならざるに感ぜり。爾来したしく交らせ給はゞ、余が本望なるべし」という手紙が来た。梅見の誘いに「とふ人やあるとこゝろにたのしみてそゞろうれしき秋の夕暮」という歌が添えてあった。梅見の誘いに「秋の夕暮」などと書いてよこす無教養な久佐賀を一葉は冷笑していたに違いないが、その後もどうかして、金を引き出そうとしたことは、日記や書簡をみるとよく分る。

久佐賀の要求もだんだん露骨に本性をあらわしてくるのである。六月九日の手紙には、「貴女の身上を小生が引受くるからには、貴女の身体は小生に御任せ被下積りなるや否や」と書いてきた。これに対して、一葉は、「水の上日記」の中に次のように書いている。一葉は、久佐賀をあやつりながら、肝心のことには、するりと体をかわして逃げているのである。

「九日成けん、久佐賀より、書状来る。君が歌道熱心の為に、しか困苦せさせ給ふさまの、我一身にもくらべられていと憐なれば、その成業の暁までの事は、我れに於ていかにも為して引受くべし。され共、唯一面の識のみにて、かゝる事をたのまれぬとも、たのみたりともいふは、君にしても心ぐるしかるべきに、いでやその一身をこゝもとにゆだね給はらずやと、厭《いと》ふべき文の来りぬ。そもやかのしれ物、わが本性をいかに見るにかあらん。世のくだれるをなげきて、こゝに一道の光をおこさんとこゝろざす我れにして唯目の前の苦《くるしみ》をのがるゝ為に婦女の身として尤《もつと》も尊ぶべき此の操を、いかにして破らんや。あはれ笑ふにたえたるしれものかな。さもあらばあれ、かれも一派の投機師なり。一言一語を解さざる人にもあらじとて、かへしをしたゝむ。一道を持て世にたゝんとするは、君も我れも露ことなる所なし。我れが今日までの詞《ことば》、今日までの行、もし大事をなすにたると見給はゞ、（四字抹消）扶助を与へ給へ。われを女と見て、あやしき筋になど思し給はらば、むしろ一言にことはり給はんにしかず。いかにぞやとて決心をあらはして、かなたよりの返事をまつ。文を出すの夜、返事来る。おなじ筋にまつはりて、にくき言葉どもをつらねたる、今は又かへしせじとて、そのまゝになす。」

こうして、その後も一葉は、久佐賀との関係を断ちきらず、久佐賀の相変わらずの要求をうまく逃げながら、金を引き出しているらしい。

十二月七日の久佐賀の手紙には、

「生ノ申入レ御聞入レ之段忝ナシ、亦彼ノ金員ノ如ハ生如キ貧困ノ身ニテハ当底思ヒモ依ラザレドモ、将来君ト相交ハリ中、君ガ何カノ目的上ニテ金銭ノ入リ目ハ其目的ノ如何ニ依テ生モ大ニ賛成シ、千円ト限ルニ及バズ五千円デモ手都合ハ致ス筈、而シ乍ラ目下ノ急務トスル処ハ君ガ生計上ニシテ、乍失敬月二十五金位ヒハ毎月交ハリノ情ヲ以テ手許より補助スルハ心安シ（後略）」

とあり、毎月十五円で、妾になれというずうずうしさである。何度もそういう類《たぐい》の要求を受けながら、それでも一葉は、久佐賀との交際をたたなかった。それどころか久佐賀は、一葉の家に訪ねて夜遅くまで語り合うようにさへなっている。二十八年の四月二十日の日記には、そうして訪ねてきた久佐賀に六十円の借金を申込んでいる。久佐賀とのこうした交際は初対面以来、約一年あまり続いた。

この交際ぶりを通じて、私たちは、一葉のしたたかな面をいやというほどみせつけられる。一葉の心の中に吹きあれていた虚無の嵐が、どんなにすくいようのないものであったかを今さらながら思うのである。

『夫れでも吉ちゃん私は洗ひ張に倦《あ》きが来て最うお妾でも何でも宜い、何うで此様な詰らないづくめだから、寧《いっ》その腐れ縮緬着物で世を過ぐさうと思うのさ。」という「わかれ道」のお京は、ある時の一葉の気持でもあった。

こうした一葉をささえて最後まで進ませなかったのは、文学にかけた一葉のひたむきな態度であった。

打撃

このころ、こうした一葉にとって、もう一つ決定的な打撃を与える事件が起こりつゝあった。

三月九日、郷里の大藤村から、従妹の樋口くらが上京してきた。くらは、一葉の父、則義の弟喜作の娘であり、兄の幸作が業病におかされているのに心配のあまり、同郷の丸茂病院長の文良をたよって上京したのである。樋口家には、代々病名不明の遺伝的疾患が存在していたらしく、幸作もそれにおかされていたのである。

四月に入って、幸作は上京し、上野の桜木病院（丸茂病院）に入院、くらはその附添いとして一緒に病院暮しをすることになった。

そして、七月一日、幸作は死亡した。

「十時頃成けん、桜木丁より使来り幸作死去の報あり。母君驚愕《きょうがく》、直に参らる。からはその日寺に送りて、日ぐらしの烟とたちのぼらせぬ。浅ましき終を、ちかき人にみる、我身の宿世もそゞろにかなし。」

一葉は、幸作の死を、自分自身の宿命のように受けとった。父親と同じ所から、烟《けむり》となってのぼってゆく幸作をみて、「こも、のがれぬ宿縁なるべきや」と底知れぬ不安におののくのであった。このころの一葉の内部が、いろんな形で動揺しているのは、こうした宿命的な血統に対する不安のうえに、生活の窮乏が、おそいかかってきたからではないだろうか。

一葉は、何とかしてもう一度文学で生きようとこうしたさまざまの試練の中で思ったのであろう。自分自身が生きるのは、創作することしかないと悟り、「奇蹟の一年」を迎えて爆発的な創作力を発揮するまでには、引きずりこまれるような暗い宿命観にとらわれて生きる目的さえも失いかけたときがあったのである。

「おもひたつことあり。うたふらく。

すきかへす人こそなけれ敷嶋の
うたのあらす田あれにしあれを

いでや、あれにあれしは敷嶋のうた斗か。道徳すたれて人情かみの如くうすく、朝野の人士私利をこれ事として国是の道を講ずるものなく、世はいかさまにならんとすらん。かひなき女子の、何事を思ひ立たりとも及ぶまじきをしれど、われは一日の安きをむさぼりて、百世の憂を念とせざるものならず。かすかなりといへども、人の一心を備へたるものが、我身一代の諸欲を残りなくこれになげ入れて、死生いとはず、天地の法にしたがひて働かんとする時、大丈夫も愚人も、男も女も、何のけぢめか有るべき。笑ふものは笑へ、そしるものはそしれ、わが心はすでに天地とひとつに成ぬ。わがこゝろざしは、国家の大本にあり。わがかばねは野外にすてられて、やせ犬のゑじきに成らんを期す。われつとむるといへども、賞をまたず、労するといへども、むくひを望まねば、前後せばまらず、左右ひろかるべし、いでさらば、分厘のあらそひに此一身をつながるゝべからず。去就は風の前の塵にひとし。心をいたむる事かはと、此あきなひのみせをとぢんとす。」

三月ごろになると一葉はつくづく竜泉寺町の生活がいやになってきた。

文学への一念が郷愁のように一葉におそってきた。物の数でもないと思っていた鳥尾ひろ子までが、家門を開くと聞いて、一葉は、いたたまれないほどの焦燥感にかられていた。

一方竜泉寺町に暮らしながら一葉は貧困ゆえの社会悪そのものを見つめるようになった。吉原の存在そのものに疑問を感じるようにもなったのである。

幸作の病気はそうした一葉の心に、もう一つふんぎりをつけさせるのだった。

一葉のこうした気持とは別に、母も妹も、もう、しがない商売がいやになっていた。

「国子はものにたえしのぶの気象とぼし。この分厘いたくあきたる比とて、前後の慮《おもんぱかり》なく、やめにせばやとひたすらすゝむ。母君も、かく塵の中にうごめき居らんよりは、小さしといへども門構への家に入り、やはらかき衣類にてもかさねまほしきが願ひなり。されば、わがもとのこゝろはしるやしらずや、両人ともにすゝむる事せつ也。されども、年比《としごろ》うり尽し、かり尽しぬる後の事とて、此みせをとぢぬるのち、何方より一銭の入金もあるまじきをおもへば、ここに思慮をめぐらさざるべからず。さらばとて、運動の方法をさだむ。まづ、かぢ町なる遠銀《えんぎん》に金子五十円の調達を申こむ。こは、父君存生の比より、つねに二三百の金はかし置たる人なる上、しかも商法手びろく、おもてを売る人にさへあれば、はじめてのこととてつれなくはよもと、かゝりし也。此金額多からずといへども、行先をあやぶむ人は、俄《にわか》にも決しかねて、来月花の成行にてといふ。」

このように、一葉一家は、何をするにもまずお金の算段からはじめなければならなかったのである。お金は、四月にならなければ目鼻がつかないとなった一葉は、今度は、「これよりいよ〳〵小説の事ひろく成してんのこゝろ構へあるに、此人の手あらば、一しほしかるべしと、母君もの給へば也。年比のうき雲、唯家のうちだけにはれて、此人のもとを表だちてとはるゝ様に成ぬる、うれしとも嬉し」というわけで、桃水の許をたずねるのだった。竜泉寺町からの脱皮には、「文学界」の関係だけでなく、桃水からの力も頼んで万全を期したのである。そして、次の日には、萩の舎におもむき、歌子から、自分の後継者にとの心づもりをきかされていよいよ新しい生活に入る決心をつけるのである。

五月一日に、丸山福山町の一葉の終の捷家《すみか》に引越すまでの手筈を日記にみてみよう。

「四月に入てより、釧之助の手より金子五拾両かりる。清水たけといふ婦人かし主なるよし。利子は二十円に付二十五銭にて、期限はいまだいつとも定めず。こは大方釧之助の成べし。かくて、中島の方も漸《よう》々歩をすゝめて、我れに月月いさゝかなりとも報酬を為して手伝ひを頼み度よし、師より中こまる。万事すべて我子と思ふべきにつき、我れを親として生涯の事を斗らひくれよ、我が此萩の舎は、則《すなわ》ち君のものなればといふに、もとより我に大任を負ふにたる才なければ、そは過分の重任なるべけれど、此いさゝかなる身をあげて歌道の為に尽し度心願なれば、此道にすゝむべき順序を得させ給はらばうれしとて、先づはなしはとゝのひぬ。（中略）かぢ町の方、上都合ならず。からくして十五円持参。いよ〳〵転居の事定まる。家は本郷丸山福山町とて、阿部邸の山にそひて、さゝやかなる池の上にたてたるが有けり。守喜といひしうなぎやのはなれ座敷成しとて、さのみふるくもあらず。家賃は月三円也。たかけれどもことさだむ。

店をうりて引移るほどのくだ〳〵敷、おもひ出すもわづらはしく心うき事多ければ得かゝぬ也」

丸山福山町時代

――栄光の座と死の病――

水の上・彷徨

本郷丸山福山町の新しい家は、銘酒屋や安待合のある新開地の中にあって、となりの鈴木亭といういちばん大きな銘酒屋と池を共通にしていた。障子を明けるとすぐにこの池が見えたので、一葉はこれ以後の日記を「水の上日記」となづけている。

二十八年の『しのぶぐさ』には、「となりに酒うる家あり。女子あまた居て、客のとぎをする事うたひめのごとく、遊びめに似たり。つねに文かきて給はれとて、わがもとにもて来る。ぬしはいつもかはりて、そのかずはかりがたし。」と書いているが、これがその鈴木亭で、後に「にごりゑ」のモデルになったものである。

この家は、後に小説家の森田草平や詩人の正富汪洋が住んでいたので、その記憶によって、模型が出来ているが、家そのものは今はない。くぐりのような格子門の先に色ガラスのはまった入口があって、そこが三尺四方の靴ぬぎ、台所は玄関の脇に即席に作られたものらしい。

転居後の一葉の生活は、竜泉寺町時代からの虚無的な心をなぐさめることにはならなかった。

このころ、一葉は、日蓮宗の行者二十二宮人丸などという人を訪ねたり、例の久佐賀から、あからさまな

本郷丸山福山町の家の模型

丸山福山町の一葉文学碑

花ははやく咲きて、散がたはやかりけり。あやにくに雨風のみつづきたるに、かぢ町の方、上都合ならず、からくして十五円持参。いよいよ転居の事定まる。……明治二七年四月二十八日、五月一日の一葉の日記より筆蹟を写して碑にしたものである。

要求の手紙が来てどうやらうまく身をかわしたりしているのである。

一葉は「世はいかさまに成らんとすらん。上が上なるきわに、此人はと覚ゆるもなく浅ましく憂き人のみ多かれば、いかで埋もれたるむぐらの中に、共にかたるべき人もやとて、此あやしきあたりまで求むるに、すべてはかなき利己流のしれ物のしれ物ならざるはなく、はじめは少しをかしとおもふべきも、二度とその説をきけば、厭ふべくきらふべく、そのおもてにつばきせんとおもふ斗なるぞ多き。（中略）此世に大なる目あてありて、身を打すてつつ一事に尽すそのたぐひかとも聞けるに、さてあまたゝびものいふほどに、さても浅はかに小さきのぞみを持ちて、唯めの前の分厘にのみまよふ成けり。かゝるともがらと大事を談じたらんは、おさな子にむかひて天を論ずるが如く、労して遂に益なかるべし。おもへば、我れも敵をしらざるのはなはだしさよと我をさへあざけらる」と思うのだった。

七月に入ってから、例の幸作事件は、一葉の心にますます強い無常観を植えつける結果となった。転宅当時の借金は、そんなこんなで使いはたしてしまっていた。

歌子が自分の衣類を質草にしてお金を渡してくれたのもこのころである。

九月に入るといよいよ窮乏をきわめ、久佐賀と共に一面識もない村上浪六にまで借金を申し込んでいる。浪六は「三日月」「奴の小万」「深見重左」等の作品を書いて流行作家であると同時に朝日新聞の記者でもあった。一葉は、その後も何度か浪六を訪ねて借金を依頼したらしい。十一月十日の日記には、

「十日。けふは、なみ六のもとより金かりる約束ありけり。九月の末よりたのみつかはし置しに、種々

かしこにもさしさわる事多き折柄にて、けふまでに成ぬ。征清軍記をものしたるその代金きのふ来るべければ、今日は早朝にてもとの約なればゆく。軍記いまだ出来あがらねば、金子また手に入らず。今一日ふつかはかゝるべし。ふたゝび此方より沙汰せんとあるに、せめたりとてかひなければかへる。

家は今日此頃窮はなはだし。くに子は立腹。母君の愚痴など、今更ながら心ぐるしきはこれ也。」

生活の苦しさが一葉をこうした無謀な行動にかりたてたのであろうが、久佐賀とは逆に浪六は、今にも貸してくれそうな気配をみせながら一銭たりとも引出させなかった。

浪六のそうした態度に業《ごう》をにやした一葉は、その後の日記の中で、大胆不敵な居なおり方をみせている。

「浪六のもとへも、何となくふみいひやり置しに、絶て音づれもなし。誰もたれも、いひがひなき人々かな。三十金、五十金のはしたなるに、夫すらをしみて出し難しとや。さらば明らかにとゝのへがたしといひたるぞよき。ゐせ男を作りて、髭かき反せなど、あはれ見にくしや。引うけたる事とゝのへぬは、たのみたる身のとがならず。我が心は、いさゝ川の底すめるが如し。いさゝかのよどみなく、いさゝかの私なく、まがれる道をゆかんとにはあらず。まがれるは人々の心也。我れは、いたづらに人を斗りて、栄耀の遊びを求むるにもあらず。一枚の衣、一わんの食、甘きをねがはず、美しきをこのまず。慈母にむくひ、愛妹をやしなはん為に、唯いさゝかの助けをこふのみ。そも又、成りがたき人に成りがたき事をいはんや。」

一葉のせっぱつまった心は、ついにこうしたことまで叫ばせるようになったのである。

福山町転宅後の第一作は「暗夜」であった。せかされながら七月二十二日に脱稿し、「文学界」第十九号に掲載され、その続稿は、二十一号二十三号と三分載された。のち、二十八年十二月十日発行の「文芸倶楽部」第一巻第十二編臨時増刊「閨秀小説号」に一括発表された「やみ夜」である。

中島歌子から頼まれた萩の舎の代稽古に通いはじめた一葉は、小出には、中島の後継者は君をおいて他にないからぜひそうして、歌人として千載に名を残すようにといわれたりした。けれども一葉は次第に萩の舎に対する期待が薄れていくのをどうすることもできなかった。生活と戦い、苦しみぬいてきた一葉にとって萩の舎は決して自分を向上させてくれるところではなかった。心の苦しさを訴えるところではなかった。そして、萩の舎そのものも、和歌革新の運動におされて次第に勢力の衰えをみせてきた。一葉はこのころから生活のために、家で古典の講義や和歌の指導をした。お弟子は、野々宮菊子をはじめのちに東京女子大学長となった安井哲子や大橋乙羽夫人とき子などがいた。

奇跡の一年

二十七年の十二月「文学界」に「大つごもり」を発表し、一葉ははじめてその独特の作風をきづいた。女中のお峯を主人公に、金ゆえの苦労と人間の弱さを描いたこの作品は、一葉がはじめて生活の実感をその作品の中に投入し得たものであった。世の中の底辺にいる人間のあわれさが、実感としてしみじみとにじみ出ているのは、彼女もまたそうした庶民の哀歓を自分自身のものとしていたからである。

そして、この秋ごろから、彼女の名を不朽のものとした名作「たけくらべ」の下原稿「鶺鴒」の執筆がはじまった。

日清戦争がはじまり、軍事小説や詩など、戦争ものが多くなり、愛国心を高揚させるものが世にあふれた。

そんな中で一葉は、戦争とまったく無縁の仕事をしつづけていた。「文学界」の青年作家たちの浪漫的な主張を、一葉は黙々と事もなげに実行していった。一葉の小説の中には、戦争のかげさえもみえない。

「大つごもり」を書きあげた一葉は、その後堰《せき》を切ったように次々と作品を発表するのだった。

「二八年春より、たけくらべを文学界え出す。（中略）同じ春大橋乙羽庵君、半井君の紹介にて来問、大橋えものかけとてなり。ゆく雲を出す。

夏のすえつかた、にごりえ、十三夜を作る。秋読うりより俄にたのまれて、うつせみはいだす。つゞいて月曜ふろくえあやしきもの三度ほど出す。暮月、我から、及、別れ道を作る。」（『かきあつめ』より）

いわゆる「奇跡の一年」がめぐってきたのである。

一葉は、久佐賀や浪六とのわたり合いや、幸作の死の衝撃に堪えて、やっと自分の生きる道をつきとめたのであった。書くことが生きることであることを悟ったのである。爆発的な創作力はそうした一葉の試練の果に生まれたのである。

明治二十八年（一八九五）一葉は二十四歳になった。この一月から「たけくらべ」を「文学界」に連載しはじめ、二十九年一月まで断続的に掲載されたが、発行部数が少ないためにごく一部の人に注目されただけであった。

一月二十日、「文学界」の戸川残花が訪ね、毎日新聞の日曜附録への執筆をすすめた。これが三月末に書きあげた「軒もる月」である。

この頃、桃水の骨折りで、博文館の大橋乙羽から「文芸倶楽部」への原稿依頼の手紙がきた。

博文館は、当時の最も有力な出版社で、総合雑誌『太陽』と文芸雑誌『文芸倶楽部』を出していて、大橋乙羽は、その養子で、編集局長のような位置にいた。だから、ここに作品を載せることは、文壇的存在になることであった。

『ゆく雲』は乙羽の最初の依頼と異なり、『太陽』五月号に掲載され、一葉は文壇に送りこまれたのである。

けれども、一葉はそれで生活の安定が得られたわけではなく相変わらずの貧困ぶりであった。五月十四日の日記をみると

「今日夕はんを終りては、後に一粒のたくはへもなしといふ。母君しきりになげき、国子さまぐ〵にくどく。我れかくてあるほどは、いかにともなし参らすべければ、心な労し給ひそと、なぐさむれど、我れとて、更に思ひよる方もなし。朝いひ終りて後、さらば小石川へだに行こゝろみんとて家を出づ。風つよくしておもてもむけがたし。師君のもとへゆきて、博物館よりの礼などのぶる。流石《さすが》に金子得まほしきよ

しをもいひがたくて、物語少しするほどに、師君起て、例月の金二円ほどをもて来給ふ。うれしともうれし。」とあり、又、十七日には、

「時は今まさに初夏也。衣がへもなさではかなはず。ゆかたなど、大方いせやが蔵にあり。夕べごろより蚊もうなり出るに、蚊や斗は手もとにあるなん、これのみこゝろ安けれど、来月は早々の会日など、ひとへだつ物まとはではあられず。母君が夏羽織、これも急に入るべし。ましてふだん用の品々、いかにして調達し出ん。手もとのある金、はや壱円にたらず。かくて来客あらば魚をもかふべし。その後の事し斗がたければ、母君、国子が、我れを責むることいはれなきにあらず。」

というありさまであった。

しかし次第に文名を得つつあった一葉は、

「静に前後を思ふて、かしら痛きことさまぐ〵多かれど、こはこれ昨年の夏がこゝろ也。けふの一葉は、もはや世上のくるしみをくるしみとすべからず。恒産なくして、世にふる身のかくあるは、覚悟の前也。軒端の雨に訪人なきけふしも、胸間さまざまのおもひをしばし筆にゆだねて、貧家のくるしみをわすれんとす。」

と思うようになった。

書く以外に自分の生きる道はないと、一葉は悟ったから、こう思えるようになったのである。

文学界同人
前列右より夕影，秋骨，天知，柳村　後列右より
禿木，孤蝶，藤村

文学界同人　「文学界」同人たちとの交際は、平田禿木をはじめとして、馬場孤蝶・戸川秋骨・上田敏などが、一葉のもとに集まり、二十八年に入ると次第に密接の度を加えていった。彼等は、一葉のもとで、文学を語り、人生を語って夜ふくるまで飽くことを知らなかった。十時、十一時、時には十二時ごろまでそうやって過す彼等のなれなれしさは、のちに星野天知が小言をいってたしなめたりしたほどであった。

孤蝶が一葉とはじめて会ったのは、明治二十七年三月のことであった。「語々癖あり。不平々々のことばを聞く。うれしき人也。」と初対面の印象を書いた一葉に、近づくにしたがって孤蝶は、姉のような気がするといって「文学界」の同人たちにも話さないようなことを打明けたりするようになった。

その孤蝶につれられ、秋骨が来、さらに、二十八年五月七日には、上田敏が訪ねるのであった。

「まどゐのむしろ、酒なけれども酔へるが如く、一さらのすもじをかこみて、三人の客が論難評語、わらひつ、かたりつ、平田ぬしなど積日の苦をみながら忘れぬといふ。（略）上田君、名は敏、帝国大学の文科生にして帝国文学の編輯人なるよし。温厚にして沈着なる人がらよき人也。（略）馬場君袖をかゝげ膝をうちて、我れは言はんと欲する所をいふのみ。我れを一葉女史にこぶるものとあやまるなかれ。よきをよきといひ、あしきをあしといふ、もと我がこゝろ也。太陽第五号にのする所の一篇ゆく雲を見て、よしと思ひしは我がおもひし也。一葉女史にこびるならずと、其いふ処さかんなり。平田君は万づ言少なにて、恥かし気をつくれるもをかし。馬場君恋をとけば、顔をそむけて、もはや止め給へとくるしげなるも此人に似ずと、かつはほゝゑまれぬ。人物評に詞まじへず。人の聞をはゞかるに似たり。頭髪みじかくはさみあげて、今朝のほど床やが手にかゝりしとおぼしく、衣類など見よげなるをまとひて来たり。先きの夜、君のもとにて平田はしくじりの詞《ことば》をならべしかば、君にいたく論じられていとくるしがりて逃げしが、道すがら我れにしばくいふやう、今日は帰り際いとわろかりし、一葉君誠にいかりしにあらずや、もしさらばいかにせんと、心細げにいひぬ。今日は又我がもとに来て、我れはこれより一葉君をとはんと思へど、一人にては何となくつゝまし、君もろ共に行て罪を謝し給ひてよと、三拝してたのみしはをかしかりしと、馬場君輿に乗じてかたれば、そは偽也、そは偽也、我れはさる事いひし覚えなし、といふ。何、覚えなしといふか、その顔を今一度見せよ、この偽りものめと、さかんなるは孤蝶子也。われは一葉君の我まゝ息子なれば、此家にては遠慮をせぬに極め居れりとて、膝をくづすも、磊落《らいらく》の風中々にをかしけれど、平田ぬしがおもゝち常ならず見えぬ。帰宅せしは夜も十時にちかゝりし。

　夏はやし女あるじがあらひ髪

とは、馬場ぬしが当坐の句成し。」

このころ、平田禿木は二十三歳、馬場孤蝶二十七歳、戸川秋骨二十六歳、上田敏は二十二歳であった。孤蝶は、中等学校の英語の教員検定をとろうと勉強に熱中していた。禿木は第一高等中学退学後高等師範の英語専修科の学生であり、秋骨も又帝大文科の選科生、敏は帝大の秀才として誉高かった。彼らの文学や人生を語る若い気焔は、一葉にとっては新しい文学への息吹きでもあった。

一方、戸川残花も、一葉に鷗外の『水沫《みなわ》集』や内田不知庵訳の『罪と罰』を貸して、文学の新しい窓を開いてくれた。一葉は残花に借りた『罪と罰』をくりかえしくりかえし何度も読んだ。主人公ラスコールニコフのすね者精神に同感し、その「見えざる圧迫」に対する反抗精神を自分自身のものとしたのである。

「文学界」の同人たちはこうして作家としての一葉に欠くことのできない意味を持つのである。

川上眉山は、五月二十六日、孤蝶、禿木に伴われて、はじめてやってきた。

「としは二十七とか。丈たかく、色白く、女子の中にもかゝるうつくしき人はあまた見がたかるべし。物いひて打笑む時、頰のほどさと赤うなるも、男には似合しからねど、すべて優形にのどやかなる人なり。かねて高名なる作家ともおぼえず、心安げにおさなびたるさま、誠に親しみ安し。孤蝶子のうるはしきを秋の月にたとへば、眉山君は春の花なるべし。つよき所なく艶なるさま、京の舞姫をみるやうにて、こゝなる柳橋あたりのうたひめにもたとへつべき孤蝶子のさまとはうらうへなり。君の名を聞初しは、もはや四年か、ほと〳〵五年にも成るべし、参りよる折を得がたくて、御近けれどもかくうとくは過ぬ。万づに心隔ず物語をたび給へとて、打とけてかたる。来月あたり合綴のもの春陽堂より出さんはいかになどいふ。小説中の人物のこと、世間の事、我どちが業のくるしき事、朝寝なる事、自だ落なる事、正直なる事、損なることなど語り出るに極みなし。やがて、馬場君政治を論じ出せば、眉山君手を打て、さなり、面白しと、一口まぜにいふ。平田ぬしも、首尾よくしけんの及第したるよし。此人は言葉少なにて、折ふし孤蝶子をたしなむる様なる詞づかひあやし。人々の来たりしは三時頃成し。五時といふより雨降り出づ。かき暮し降るほどに、日の暮れゆくも知られず。うなぎ取よせなどして、人々にまいらす。帰りしは九時成しが、雨やまずして空くらし。」

眉山は、硯友社同人ではあったが、その人生観も恋愛観もきわめてまじめで、その同人たちにあきたりず「文学界」の同人たちと親しかったのである。彼は一葉の過去を聞くと、感動して自伝をかけとすゝめ、彼女の過去はすべて詩であって、女流文学に志すならば「日本文学に一導の光を伝へ」るようになるだろうと励ますのだった。しかしのちになっては、眉山と結婚するという噂が広まったりして一葉を嘆かせるのだった。

苦悩の果

こうした中で、一葉は、桃水に変わらぬ思慕をいだきつづけていた。一葉の留守に桃水が訪問したと聞いた五月十九日の日記には

「半井ぬしは、いかにしておはしたるにや。夢かとたどられて、何事を仰せられしと聞くに、あわたゞし。（中略）姉君を迎へこんと幾度もいひしが、否さしての用事も侍らず、久々にて御不沙汰見舞に参りつる也とて、帰られしといふ。とにかくにむねつぶる。」

こうして六月三日、半井家を訪ねた一葉は、久しぶりに夫を亡くした妹の幸子に会い、桃水の子どもと思いつづけてきた千代に会うのだった。

「五年ぶりにて、おかう君にあふ。取集めての弔詞などいふに、こゝろうく、たゞ涙ぐまれぬ。鶴田ぬしがはらにまうけし千代と呼べるが、ことしは五つに成しが、いとよく我れに馴れて、はなれ難き風情、まことの母とや思ひ違へたる、哀れ深し。ちよ様は我れをわすれ給ひしかといふに房々とせし冠切《かぶき》りのつむりをふりて、否《い》や、わすれずといふ。二階のはしごの昇りにくきを、我が手にすがりて伴ひゆくも可愛く、茶菓などはこぶを、あぶなしといへども、誰も手なふれそ、お客様には我れがもてゆくのなりとて、こま〴〵とはたらく。かゝるほどに、戸田ぬしが子も目さむれば、おかう殿いだき来てみす。まだ生れて十月斗《ばかり》のほどならん、いとよくこえて、たゞ人形をみるやうにくり〳〵とせしさま愛らし。目もはなも、

いと少さくて、泣く事まれなる子といふがうれしければ、抱き取りて、ふりつゞみ見せ、犬はり子まはしなどするに、いつとなくなれて我が膝にのみはひよる。こはあやしき事かな、常にをとなしき子なれども、見馴れぬ人にはむづかりて手をもふれさせず。此ほど、野々宮様、大久保様など、あやし給ひしに、いたく泣入りて困じにけるを、今日はかく馴れ参らせてよろこび居る事と、おかうどのいぶかる。半井ぬしはほゝゑみて、縁《ゑにし》のあるなめりといひ消つ。すし取寄せ、くだもの出しなど馳走をつとむ。四年ぶりにて、半井ぬしが誠の笑がほを見るやうなるが嬉しく、打くもりたる心のはれる様也。」

一葉はしみじみと桃水の笑顔を前にして感慨にふけるのであった。

「此人ゆゑに、人世のくるしみを尽して、いくその涙をのみつる身とも思ひしらねば、たゞ大方の友とや思ふらん。今の我身に諸欲脱し尽して、仮にも此人と共に人なみのおもしろき世を経んなどかけても思はず。はた又、過にしかたのくやしさを呼おこして、此人眼の前に死すとも、涙もそゝがじの決心など大方うせたれば、たゞなつかしくむつまじき友として過さんこそ願はしけれ。かく思ひ来たりて此人をみれば、菩薩と悪魔をうらおもてにして、こゝに誠のみほとけを拝めるやうの心地、いひしらずうれし。」

千々に乱れ、恋い慕い、家を背負い、母を抱かえ、妹を養って一葉は孤独に耐えた。現世《うつしみ》の幸せを捨てた一葉は、その果に何を得たのだろうか。哀れな一葉の生み出したものは、しかしながら、決して哀れなものではない。きびしい現実の生活の中で、むち打ったその精神は一葉の文学の中に、永遠を生み出した。芸術家にとって、何ものにもかえがたい永遠なるものは、現実の恋に破れ、塵の中に彷徨《さまよ》い、食をもとめ、愛をもとめつつ、過労にたおれ、病にむしばまれていった若き乙女の一葉がそのはかない一生をかけて、そのいのちと引かえに残したものなのである。

我々は、桃水への一葉の思慕を通して、彼女の残した作品の裏に、深い孤独の魂の深淵の横たわっていることを忘れてはならない。彼女は、現世《うつしみ》の幸せを捨てたところから、作家になったのである。

桃水のもとから帰った夜、音をたてて雨が降りしきった。「此よは大雨也」と万感の思いをこめて一葉は日記に書いた。

一葉の文壇的な名声は、「ゆく雲」のあと、「にごりえ」を「文芸倶楽部」九月号に発表してから次第に大きくなっていった。銘酒屋の立並ぶ福山町界隈のそこにうごめく女たちをモデルにした「にごりえ」には、あわれな色町の女が、一葉の現実批判の精神によって、生きている。一葉の作品中最も写実性の高いものである。そして、それゆえにこの作品を、最も高く評価したのは、批評家の田岡嶺雲であった。社会の矛盾を鋭くつき、下層社会の人間の悲劇を見つめて、文学者のヒューマニティをおし拡げることを求めた嶺雲は「にごりえ」の中に一葉の人間性復活の叫びをみたのであった。

つづいて、十二月『文芸倶楽部』「閨秀小説」号には、「十三夜」が「やみ夜」と共に掲載された。婚家を飛び出した人妻のお関が子どもゆえと実家の父にさとされて帰る途中、幼馴染《おさななじみ》で今は身を持ちくずした車夫の録之助に再会する場面を十三夜をバックに抒情的に描いたものであった。

「やう〳〵世に名をしられ初て、めづらし気にかしましうもてはやさるゝ。うれしなどいはんはいかにぞや。これも唯、めの前のけぶりなるべく、きのふの我れと何事のちがひかあらん、小説かく、文つくる、たゞこれ、七つの子供の昔しよりおもひ置つる事の、そのかたはしをもらせるのみ。などこと〴〵敷はいひはやすらん。今の我みの、かゝる名得つるが如く、やがて秋かぜたゝんほどは、たちまち野末にみかへるものなかるべき運命、あやしうも心ぼそうもある事かな。」

次第にその名をさわがれ出した頃一葉は日記にこう書きつけた。そして、紫式部や清少納言にたとえられたりする今の自分にくらべ、

「何事ぞ、をとゝしの此ころは、大音寺前に一文ぐわしならべて乞食を相手に朝夕を暮しつる身」

であったのにとつくづく思うのだった。名声に対して無条件に喜べない一葉がここにいる。喜びと不安と二つのものが一葉の中で、ゆらめくのであった。けれども、もうあともどりはできない。それが自分から求めた作家への道であれば——。

「あはれ、あはれ、安き世の好みに投じて、この争ひに立まじる身、いか斗かは浅ましからざらん。されども、如何はせん、舟は流れの上にのりぬ。かくれ岩にくだけざらんほどは、引もどす事かたかるべきか。

極みなき大海原に出にけり

やらばや小舟波のまに〳〵」

不安と自負をこめてこう一葉はかいた。

明治二十九年一月「文学界」の「たけくらべ」を完成、同じ月「国民之友」に「わかれ道」を発表した一葉は、着々と栄光の座に向かって歩んでいった。

「こぞの秋、かり初に物しつるにごりえのうわさ、世にかしましうもてはやされて、かつは汗あゆるまで評論などのかしましき事よ。十三夜もめづらしげにいひさわぎて、女流中ならぶ物なしなど、あやしき月旦の聞えわたれる、こゝろぐるしくも有るかな。」

そして、こゝに至ってもまだ一葉は、こう書かずにはいられなかった。

「しば〳〵おもふて骨さむく肉ふるはるゝ夜半もありけり。かゝるをこそは、うき世のさまといふべかりけれ。かく人人のいひさわぐ、何かはまことのほめこと葉なるべき。たゞ女義太夫に、三味の音色はえも聞わけで、心をくるはするやうのはかなき人々が、一時のすさびに取はやす成るらし。」

名声があがると、萩の舎の友人の中にも嫉妬や反感を露骨にあらわすような者が出てきたりした。一葉はそのことを日記に

「されども、其声あひ集まりては友のねたみ、師のいきどほり、にくしみ、恨みなどの、限りもなく出来つる、いとあさましう情なくも有かな。」

と書いている。けれども今や「詩の神の子」となった一葉の名声は、とどまるところを知らなかった。

「国民のとも春季附ろく書つるは、江見水蔭、ほしの天知、後藤宙外、泉鏡花および我れの五人なりき。早くより人々の目そゝぎ、耳引たてゝ、これこそ此年のはじめの花と待わたりけるなれば、世に出るより

やがて、沸出るごとき評論のかしましさよ。さるは新聞に、雑誌に、いささか文学の縁あるは、先をあらそひてかゝげざるもなし。一月の末には、大かたそれも定まりぬ。あやしうこれも我がかちにして帰して、読書社会の評判わるゝが如しとさへ沙汰せられぬ。評家の大斗と人ゆるすなる内田不知庵の、口を極めてほめつる事よ。皮肉家の正太夫が、めざまし草の初号に書きたるには、道成寺に見たてゝ、白拍子一葉、同宿水蔭坊、天知坊、何がし、くれがしと数へぬ。へつらふ物は万歳〳〵とゝなへ、そねむ人は、面を背けて我れをみること仇の如かり。」

一葉は今や、文壇の新星としてかがやかしいばかりの讃辞にうめつくされるのである。

「にごりえよりつづきて十三夜、わかれ道、さしたる事なきをば、かく取沙汰しぬれば、我れはたゞ浅ましうて物だにいひがたかり。此二十四五年がほどより打たえ寝ぶりたるやうなる文界に、妖艶の花を咲かしめて春風一時に来るが如き全盛の舞台にしかへしたるは君が一枝の力よなど、筆にするものもあり、口にする者あり。いかなる人ぞや、おもかげ見たしなど、つてを求めて訪ひよるも多く、人してものなど送りこすも有けり。雑誌業などする人々は、先をあらそひて書きくれよの頼み引もきらず、夜にまぎれて我が書つる門標ぬすみて逃ぐるもあり。雑誌社には、我が書たる原稿紙一枚もとゞめずとぞいふなる。そは何がしくれがしの学生こぞりて貰ひにくる成りとか。閨秀小説のうれつるは前代未聞にして、はやくは三万をうり尽し、再はんをさへ出すにいたれり。はじめ大阪へばかり七百の着荷有しに、一日にしてうれ切れたれば、再び五百を送りつるそれすら、三日はたもたざりしよし。このほど大阪の人、上野山仁一郎、愛読者の一人なりとて尋ね来つ。かの地における我がうわさ語り聞かす。我党嵩拝のものども打つどひて歓迎のまうけなすべければ、此春はかの地に漫遊たまはらばや、手ぜまけれども別荘めきたるものもあり、いかでおはしませなどいざなふ。尾崎紅葉、川上眉山、江見水蔭および我れを加へて、二枚折の銀屏一つはりまぜにせまほしく、うらばりは大和にしきにして、これをば文学屏風と名づけ、長く我家の重宝にせまほし。いかで原稿紙一ひら給はらばやなど切にいふ。金子御入用の事などもあらば、いつにても遠慮なく申こさせ給へ、いかさまにも調達し参らする心得也などいふ。ひいきの角力の羽をり投ぐる格にやとをかし。」

栄光の座

こうして、二十九年四月『文芸倶楽部』に、「たけくらべ」が一括発表されると、一葉の文名は、頂点に達した。当時最も権威あるとされていた「めざまし草」の「三人冗語」という月評で、絶賛をあびたのである。三人とは文壇の大家森鷗外、幸田露伴、斎藤緑雨という顔ぶれである。この評を読んで狂喜して一葉を訪ねる禿木、秋骨のありさまが、五月二日の日記に、いきいきと書かれている。

けれども、ここに至っても、いやここに至ったからこそ、一葉は自己の名声に対してますます懐疑的にいっていくのであった。苦悩の果につかんだ作品の真の意味を悟ってほしかったのであろう。

「五月二日の夜、禿木、秋骨の二子来訪。ものがたることしばしにして、今宵は君がもてなしをうけばやとてまうで来つる也、いかなるまうけをかせさせ給ふぞや、これは大かたのにては得うけ引がたしと、ふたりながら笑ふ。何事ぞと問へば戸川ぬし、ふところより雑誌とり出でゝ、朗読せんかと平田ぬしをかへりみていふ。こはめざまし草巻の四成き。一昨日の発行にて、わが文芸倶樂部に出したるたけくらべの細評あるよし、新聞の広告にみけるがそれならんかしと思ふに、あわたゞしうはとふ事もせず打ゑみ居るに、いかでまうけせさせ給へ、この巻よ、けふ大学の講堂に上田敏氏の持来て、これみよと押開きさしよせられぬ、何ぞ〳〵と手に取りみれば、これ見給へ、かく〳〵しか〴〵の評、鷗外、露伴の手に成て、当時の妙作これにとゞめをさしぬ、うれしさは胸にみちて物いはんひまもなく、これが朗読、大学の講堂にて高らかにはじめぬ。さても猶うれしさのやる方なきに、学校を出るより早くはせて、発兌の書林に走り、一冊あがなふより早く禿木が下宿にまろび入り、君々これ見たまへと投つけしに、取りて一目みるよりはやく、平田は顔をも得あげず涙にかきくれぬ、さらばとく見せて此よろこびをものべ、ねたみをも聞えてんとて、斯く二人相伴ひてはまうで来つる也、いかでよみ給ひてよ、我れやよまん、平田やと、詞せはしく喜びおもてにあふれていふ。今文だんの神よといふ鷗外が言葉として、われはたとへ世の人に一葉崇拝のあざけりを受けんまでも、此人にまことの詩人といふ名を送る事を惜しまざるべしといひ、作中の文字五六字づゝ、今の世の評家作家に伎倆上達の霊符として呑ませたきものといへるあたり、我々文士の身として、一度うけなば死すとも憾《うらみ》なかるまじき事ぞや、君が喜びいか斗ぞとうらやまる。二人はたゞ狂せるやうに喜びてかへられき。「この評よ、いたる所の新聞雑誌にかしましうもてさわがれぬ。日本新聞などには、たゞ一行よみては驚き歎じ、二行よみては打うめきぬとか有けるの由、国子のよそより聞来て、いとあさましきまで立ぬる評かなと、喜びながら悲しがる。そは槿花の一日の栄えを歎けばなるべし。世の中をしなべて、文学にはしりぬる比とて、仮初の一文、一章、遠国他郷までもひゞきわたり聞えゆきて、立つ名さま〴〵、さてはよからぬ取沙汰もやう〳〵に増り来たりぬ。此たけくらべ書つると同じ号に、我れと川上ぬしとの間のこと、あやしげに書きなしある雑報有き、千葉あたりより来たりたる投書なりとか。それをばやがてよき材にして、人ねたみもし憎くみもす。ことなる事なき身どちには、さして何事のなげかはしさもおぼえねど、そも〳〵のはじめより、うき世にけがれの名を取らじ、世の人なみにはあるまじのおもひなりしを、かくよからぬ評など立出くる。やましき事ならねど、我が不徳のする所かと、ものなげかしう思はれき。

我れを訪ふ人十人に九人までは、たゞ女子なりといふを喜びてもの珍らしさに集ふ成けり。さればこそ、ことなる事なき反古紙作り出ても、今清少よ、むらさきよと、はやし立る、誠は心なしの、いかなる底意ありてともしらず。我れをたゞ女子と斗見るよりのすさび。されば其評のとり所なきこと疵《きず》あれども見えず、よき所ありともいひ顕《あらわ》すことなく、たゞ一葉はうまし、上手なり、余の女どもは更也、男も大かたはかうべを下ぐべきの伎倆なり、たゞうまし、上手なりと、いふ斗その外にはいふ詞なきか、いふべき疵を見出さぬか、いとあやしき事ども也。」

一葉は栄光のまっただなかにいて、ともすれば厭世的になっていった。彼女は自分の作品が、自分自身の犠牲のうえにつくり上げられたものであることを今さらに思うのだった。絶讃の嵐の中で一葉は孤独であった。彼女の孤独の深淵を誰ものぞいてみようとはしなかったから、彼女は、その栄光の持続を信じ切れなかったのである。そうした一葉の心の底を鋭くついたのが斎藤緑雨であった。緑雨は、正直正太夫ともいい、そのころすでに文壇の大家として、また毒舌家として有名であった。はじめて一葉のもとに手紙をよこしたのは一月八日のことであった。「我が文界の為、君につげ度こと少しあり(略)我事聞かんとならば、いかなる人にもらすまじきちかひの詞聞たし」というような文面だったので、最速、一葉は、伺えないが、お話は手紙でお聞きしたいと返事した。すると又折返し、長い手紙がきた。

「にごりえの事、わかれ道の事、さま〲ありて、今の世の評者がめくらなる事、文人のやくざなる事、これらがほめそしりにかゝはらず直往し給へといふ事、幷びに世にさま〲取沙汰ある事、我れが何かし作家と結婚の約ありといふ事、浪六のもとへ原稿をたづさへ行給ひしときく事などありき。何がし作家とは、川上君の事なるべし。君よりは想のひくき何がしとしるしぬ。」

一葉は、「よろしく君がもとをとふやくざ文人どもを追ひ払ひ給え、かれ等は君が為の油虫なり、払ひ給はずば、一日より一日とその毒を増さんのみ」というような言い方をする緑雨に強い人間的興味をいだいたようだ。

泣きての後

その緑雨がはじめて一葉の許を訪ねたのは、五月二十四日のことである。二度目に会ったとき一葉は、世をすねて、ことさら偽悪的な態度をとる緑雨の印象を次のように書いた。緑雨は文壇の大家ではあったけれども次第に、主流的な地位をすべり降りて、傾むきかけた大家であったから、何とか新しい文学的空気に触れて自分の刺激にしようとしていたのでもあった。

「正太夫、としは二十九、痩せ姿の面やう、すごみを帯びて、唯口もとにいひ難き愛敬あり。綿銘仙の縞がらこまかき袷せに、木綿がすりの羽織は着たれど、うらは定めし甲斐絹なるべくや。声びくなれど、すみとほれるやうの細くすゞしきにて、事理明白にものがたる。かって浪六がいひつるごとく、かれは毒筆のみならず、誠に毒心を包蔵せるものなりといひしは、実に当れる詞なるべし。世の人さのみはしらざるべけれど、花井お梅が事につきて、何がしとかやいへる人より、五百金をいすり取りたるは此人の手腕なりとか。其眼の光りの異様なると、いふこと〴〵の嘲罵に似たる、優しき口もとより出ることながら、人によりては恐ろしくも思はれぬべき事也。われに癖あり、君がもとをとふ事を好まずと書したる一文を送られしは、此一月の事成き。斯道《しどう》熱心の余《あま》り、われを当代の作家中ものがたるにたるものと思ひて、諸事を打すて訪ひ寄る義ならば、何かこと更に人目をしのびて、かくれたるやうの振舞あるべきや。めざまし草のことは誠なるべし。露伴との論も偽りにはあらざらめど、猶《なお》このほかにひそめる事件のなからずやは。思ひてこゝにいたれば、世はやう〳〵おもしろくも成にける哉。この男、かたきに取てもいとおもしろし。みかたにつきなば、猶さらにをかしかるべく、眉山、禿木が気骨なきにくらべて、一段の上ぞとは見えぬ。

逢へるはたゞの二度なれど、親しみは千年の馴染《なじみ》にも似たり。当時の批評壇をのゝしり、新学士のもの知らずを笑ひ、江戸趣味の滅亡をうらみ、其身の面白からぬ事をいひ、かたる事四時間にもわたりぬ。暮ぬればとて帰る。車はかどに待たせ置つる也。」

この後、しばしば一葉の許を訪ねるようになった緑雨は、七月十五日、一葉に向かってこんなことをいうのであった。

「世人は一般、君がにごりえ以下の諸作を熱涙もて書きたるもの也といふ。こは万口一斉の言葉なり。さるを、我が見るところにしていはしむれば、むしろ冷笑の筆ならざるなきか。(略)君が作中には、此冷笑の心みち〳〵たりとおもふはいかに、されど、世人のいふが如き涙もいかでなからざらん、そは泣きての後の冷笑なれば、正しく涙はみちたるべし。(略)人一度は涙の淵に身もなぐべし。さて、其後のいたり処は何処ぞや、泣きたるのみにとゞまるには非じ。君は正しく其さかひとおぼゆる物から(略)」

こうして一葉の作品の裏にかくれた孤独の深淵をはじめて見破ったのが緑雨であった。「泣きての後の冷笑」とは、そうした一葉の心の秘密をも鋭く見抜いた言葉であった。一葉は、はじめて分ってもらえたと思った。

六月二日の午後、森鷗外の弟篤次郎が、「めざまし草」社中の代表として訪ねてきた。ペンネームを三木竹二といい、劇評などを書いていた彼は、今まで鷗外、露伴、正太夫の三人で新作の評をしていた「三人冗語」に、更に一葉を加えて「四つ手あみ」という名をつけ、ますますさかんな評論にしょうと計画し、その入会をすすめにきたのであった。一葉は自分には重荷すぎると思って承諾しなかったが、この来訪を聞いてやってきた緑雨とのやりとりを書いたこの夜の日記はまったくおもしろい。

一葉の文壇的最後の光栄は、七月半ばの幸田露伴の来訪である。「色白く、胸のあたり赤く、丈はひくゝしてよくこえたり。物いう声に重みあり。ひくゝしづみていと静かにかた」る当代の巨匠露伴は、「めざまし草」に、小説ではなくとも、ぜひ何か書いてほしいと頼みに来たのである。それと共に、自分たちと合作で小説をつくろうと提案するのだった。そして、世評のうるさいことなどとるに足らないことだとさとし、「早く御としとり給はゞよけれど、いとわかくおはしますこそ心ぐるしけれ、さりとも、老ひ給はんは侘しうおぼすやなど」と笑うのであった。一葉はこうした露伴の長者らしい暖かい言葉をきいて、出来るか出来ないか、また、いつのことか分らないけれども、もし書くことが出来たらその時にというのだった。

このことを聞きつけて、また皮肉屋の緑雨がやってきた。『めざまし草』に書いたりすれば、世間の批難は、ひどくなって、人々からのにくしみを一身におうことになるだろうといってやめにした方がよいというのであった。一葉は露伴のことばを聞いたあとだったので

「此男が心中、いさゝか解さぬ我れにもあらず、何かは今更の世評沙汰」

と思うのだった。一葉は皮肉な見方で人をつく緑雨を越えて、何かに向かって飛躍しょうとしていた。けれども病はそれを永久に中絶させてしまうのであった。一葉の日記は、このあとついに書かれなかったのである。

二十九年に発表した小説は、他に『この子』(「日本の家庭」一月号)、『うらむらさき』(「新文壇」二月号)、『われから』(『文芸倶楽部』五月号)がある。

『うらむらさき』は未完で筋の発展は分らないが、

「悪人でも、いたづらでも構ひは無い。お気に入らずばお捨てなされ。捨てられゝば結句本望。彼のやうな愚物様を良人に奉って吉岡さんを袖にするやうな考へを、何故しばらくでも持ったのであらう。私の命が有る限り、逢ひ通しましよ切れますまい。良人を持たうと奥様お出來なさらうと此約束は破るまいと言ふて置いたを、誰れが何のやうに優しからうと、有難い事を言ふて呉れようと、私の良人は吉岡さんの外には無い物を、最う何事も思ひますまい、思ひますまい」

と夫をだまして恋人のもとに走るお律は

「我れをば捨てゝ御覧ぜよ、一念が御座りまする」

と夫をにらむ『われから』のお町と共に、一葉が新しく何かに踏切ろうとして造り出した主人公である。「泣きたるのみにとどまるに非じ」といわれた一葉が当時の社会道徳の根本に向って投げつけた疑問であり、挑戦であった。女のあわれをうたった一葉が、その限界をつきぬけて、人間の存在そのものに迫ろうとしたのではないかと思われるが、一葉はその可能性の片鱗をみせただけで逝ってしまうのである。

生活の苦しさは、彼女に創作の筆をとらせず大橋乙羽の依頼によって、「通俗書簡文」という手紙の書き方を書きおろさせるのだった。これは「日用百科全書」の一冊として五月末に出版された。けれども一葉の生活はこのころになっても相変わらず貧困と向かいあっていたのである。

「家は中々に貧迫り来てやる方のなければ、綿のいりたるもの、袷などは、みながら伊せやがもとにやりて、からく一二枚の夏物したて出るほどなれども（略）」

しかし、こうした貧しさは、一葉さえその気になれば、避けられるような位置にあったのである。それをさせなかったのは、書くことに対する一葉の真摯な姿勢であった。五月のはじめに、春陽堂の人がきて、ぜひ小説を書いてほしい、専属として契約してくれれば大変有難いといゝ、もしそうでなくてもぜひ何か書いてほしいこと、御入用とあらばいくらでも前金をお届けしましょうと言った。けれども一葉は、そんなことをしたらきっと、いゝかげんなものを出してあとで後悔しなければならなくなると思い、作品の出来ない中はそんなことをするまいと歯をくいしばるのであった。前のような貧しさの中で、

「やがてのくるしみをうけまじとて、母も国子も心をひとつに過す。いとやるかたなし。」

これが、栄光の座にあった作家の現実であったのかと心衝かれるのである。死の病はこんな中で、刻々と一葉を蝕《むしば》んでいった。

死の床

一葉の命を奪ったのは肺結核であった。馬場孤蝶によれば、

「一葉君の病は二十九年の四月頃からそろそろその徴候が現はれて来たやうだ。その頃に咽喉がひどく腫《は》れた。七月初旬になると、熱が大低九度位あったといふのだが、元来あまり強い体ではなかっ

たやうだ。肩に時々凝が出來て、ひどく堅くなった時は文鎭で毆《なぐ》っても痛みを感じ無い位だ。と、一葉君自身で話したことがあるが、中島氏の門に入った初めに、佐々木東洋氏が一葉君の肩の凝りを一診して『この凝りが下へ下りれば命取りだから、大事にせよ』と云はれたさうだが、病が重ると共にその肩の凝りはズッと下へ下りて了ったとは邦子君の話なのだ」

ということだった。

八月に入っても、病の勢が衰えなかったので神田駿河台の山龍堂病院の樫村清徳の診断を受けると、絶望だと付添ってきた邦子に宣言した。邦子は涙をこらえることができず、ハンケチを手に一葉のもとに行った。どうしたのかと聞く一葉に何かに燻《いぶ》されて烟が眼に入ったのだと邦子は言った。一葉はそれでも自分が、絶望的な状態なんだということを悟ってしまったにちがいない。

その後にも斎藤緑雨が森鷗外に頼んで当代の名医といわれた青山胤通博士に診てもらったが死期をまつばかりだといわれた。奔馬性という悪性の結核だったのである。

床につくようになってからは一葉はほとんど人にも逢わずひっそりと療養していた。

大かたの人にはあはで過してし
　やまひの床に秋は来にけり

そんな或る日、戸川秋骨が見舞うと、『皆様が野辺をそゞろ歩いておいでの時には、蝶にでもなってお袖のあたりに戯れまつりましょう』といったという。

十一月のはじめ、もう誰の目にも絶望的にみえるようになった一葉のもとに馬場孤蝶は、暇乞いにいった。

一葉は、熱のため頬を紅くして、髪を乱し、苦しそうな息をしながら横たわたっていた。

『此の歳暮には又帰って来ますから、その時お眼にかゝりましょう』というと、『その時分には私は何に為って居ましょう、石にでも為って居ましょうか』とときれときれに云うのだった。

十一月二十三日午前に一葉は息をひきとった。

二十五日の早朝、親戚知人十数名が列席しただけのさびしい葬儀が行なわれた。森鷗外は、騎馬にのって列席しょうといったが邦子が辞退したという。

通夜の日、緑雨は「霰降る田町に太鼓聞く夜かな」と手向けの句を詠んだ。

法名智相院釈妙葉信女。墓は築地本願寺だったが震災後、杉並区和泉町の本願寺墓所の九条武子の眠

一葉の墓

る傍に移された。数々の新聞、雑誌は、競って一葉を哀悼した。その中で高山樗牛は、一葉の死をいたんで、こんな弔辞を彼女の霊に捧げたのだった。

「一葉女史、嗚呼流星の如き彼れが短生涯は、その脆《もろ》きが如くに美わしかりき。幾多の作家は起りたり、幾多の著作は書かれたり。されど吾人は未だ彼れの「濁り江」「たけくらべ」に並び得るものを知らざる也。」

第二編

作品と解説

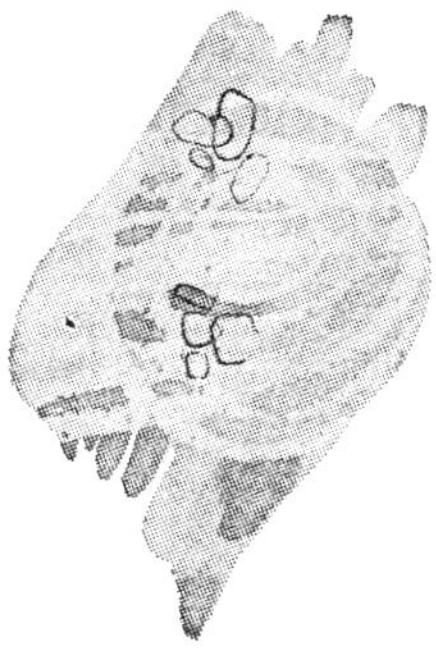

一葉が花圃の「藪の鶯」に刺激され、小説家を志して「かれ尾花一もと」を書いたのは明治二十四年一月二十歳の春であった。その年の四月、桃水の門に入り、小説修業をはじめた一葉が、「武蔵野」に載せられた処女作「闇桜」以来、死に至るまでの六年間に発表した小説は、未完の「うらむらさき」を含めて二十二編である。しかも、代表作といわれる「大つごもり」「にごりえ」「十三夜」「わかれ道」「たけくらべ」等は明治二十七年十二月の「大つごもり」以来、わずか十四ヵ月の間になされたので、「奇蹟の一年」などと呼ばれている。

ここでは初期・中期の一葉の作品は、生涯編での簡単なふれ方にとどめて、改めてふれず、代表作といわれるものだけを取りあげてみたい。

一葉には、他に、随筆、和歌、書簡文などがあるが枚数の関係で思い切って割愛した。

又、「身のふる衣まきのいち」にはじまる四十数巻の「日記」は、一葉文学にとって見逃すことのできない重要なもので、いわば、一葉の「私小説」であるともいえる。ある意味ではこの「日記」は、一葉の小説を抜いているとさえ思われるが、これも割愛しなければならなかった。しかし、生涯編の中で、出来る限り、その原文にふれるように配慮したつもりであるから、その中で生の一葉にふれ、その文学を解く鍵として欲しいと思う。

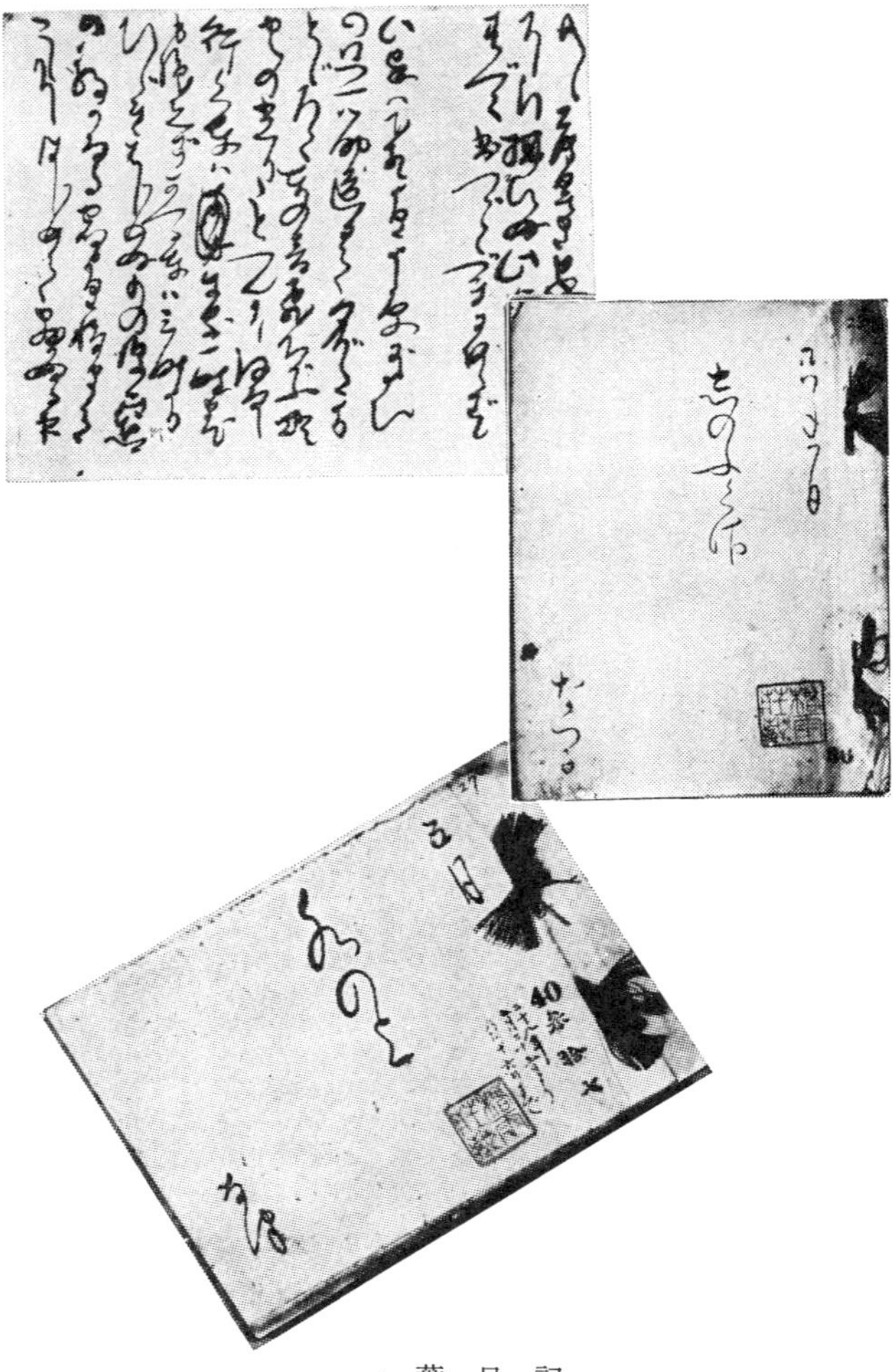

一葉日記

大つごもり

一葉が、はじめて貧しい庶民の実生活を描いて現実に迫ったのが『大つごもり』であった。彼女自身の生活の実感が、貧しく哀れな女中のお峰の描写をリアルなものにし、その苦しみに共感しているが故に、一葉にとって今までの作品と違う新しい文学を生み出すことができたのであった。

独自の作品

「床の間」のお嬢様を主人公に小説を書いていた一葉が、「台所」の女中のみじめな生活を主人公にして小説を書くことができたのである。一葉にとって、この「床の間」から「台所」への脱皮が、彼女独自の文学の創造を可能にさせた鍵であるともいえる。

その意味でも、『大つごもり』は、彼女の作品中、最もエポック・メーキングなものとしての価値をもつものである。

『大つごもり』は、明治二十七年十二月の「文学界」に掲載された。

あらすじと内容

山村家の女中お峰は、幼い頃、父母を亡くし、ただ一人の伯父に引き取られ息子の三之助を弟同様にしながら十七まで育てられたが、貧しい八百屋で生活が楽ではなかったので伯父の負担をなくし、その上いくらかでも生活のたしになるようにと口入屋の世話で、女中奉公をしているのだった。

資産家の山村家は、だが、女中にとっては決して居ごこちのよいところではなかった。女中の使い方といったらひどいもので、山村家ほど女中が替る家はないといわれるほどであった。

「井戸は車にて綱の長さ十二尋《ひろ》、勝手は北向きにて師走の空のから風ひゅう〳〵と吹ぬき」台所で働くお峰は堪えがたい寒さにふるえながらの毎日であった。こんな中で、お嬢様の踊りのおさらいがあるといえば、たとえ、霜氷るような暁でも、暗い中に飛び起きて、朝湯の支度をしなければならないのだった。

「――井戸端に出れば月かげ流しに残りて、肌を刺すやうな風の寒さに夢を忘れぬ、風呂は据風呂《すゑぶろ》にて大きからねど、二つの手桶に溢るゝほど汲みて、十三は入れねば成らず、大汗に成りて運びけるうち、輪宝のすがりし曲《ゆが》み歯の水ばき下駄、前鼻緒のゆる〳〵に成りて、指を浮かさねば他愛の無きやうに成し、その下駄にて重き物を持ちたれば足もと覚束なくて流し元の氷にすべり、あれと言ふ間もなく横にころべば井戸がはにて向ふ臑《ずね》したゝかに打ちて、可愛や雪はづかしき膚に紫の生々しくなりぬ、手桶をも其処に投出して一つは満足成しが一つは底ぬけに成りけり、此《これ》桶の価なにほどか知らねど、身代《しんだい》これが為につぶれるかの様に御新造の額際に青筋おそろしく、朝飯のお給仕より睨《にら》まれて、其日一日物も仰せられず、一日おいてよりは箸の上げ下しに、此家の品は無代《たゞ》では出来ぬ、主の物とて粗末に思ふたら罰が当るぞえと明け暮れの談義」

働き者のお峰はそんな中で、一生懸命辛抱し、つらい仕事にも堪え、おこごとの度に、一層物ごとに念を入れてそそうをしないようにつとめ、ついには、「思へばお峰は辛捧もの、あれに酷《むご》く当たらば天罰たちどころに、此後は東京広しといへども山村の下女に成る物はあるまじ」とその容貌と共に、心がけを感心されるようになった。

一方、お峰の伯父は、秋から病について八百屋の店も閉じ、裏長屋に引越したのであったが、お峰はそれの見舞にも行けない有様。手紙の遣りとりばかりでやきもきしていたところが、十二月のある日、山村家総出で芝居見物をすることになった。そこでお峰は、その代りにとお暇をとってやっと伯父の許に行くのを許された。

「何お峰が来たかと安兵衛が起上れば、女房は內職の仕立物に余念なかりし手をやめて、まあまあ是れは珍らしいと手を取らぬばかりに喜ばれ、見れば六畳一間に一間の戸棚只一つ、簞笥長持はもとより有るべき家ならねど、見し長火鉢のかげも無く、今戸焼の四角なるを同じ形の箱に入れて、これがそも〳〵此家の道具らしき物、聞けば米櫃《こめびつ》も無きよし」

あまりの貧窮ぶりに、お峰は、一家で芝居見物に行く人もあるものをと思わず涙ぐんでしまうのだった。

「大つごもり」のさしえ

又、八つになる息子の三之助は、けなげにも、この寒空に蜆を売り歩いて薬代をかせいでいた。

その上伯父の安兵衛は、病にたおれた時、田町の高利貸しから、三月の期限で十円を借りたのだったが、その期限が大晦日、それがどうしても払えなければ、利子の一円五十銭だけでもなんとかして、あと三月期限をのばしてもらうより方法がないのだった。だがこんな有様でそれさえ払えず、お峰の御主人になんとか二円のお金を融通してもらいたいと頼むのだった。

お峰は、お給金の前借りをしてもなんとかしましょうと大晦日を約して帰る。

以上が、上のあらすじである。

題名の「大つごもり」の出来ごとを描く上の情況設定が「上」に描れているのである。

そして「下」はいよいよ、その大晦日の出来事である。

山村家の総領息子は、継母の冷たさに十五歳の春からぐれ出して、両親をこまらせていた。両親は何とか彼を養子か、別戸籍にしようと財産を確保するための手段をあれこれ思案しているが、本人は一向その手に乗らず、相変らず、派手に遊んでは家に来て無心するような生活だった。

今日は大晦日、山村家は正月の支度でてんや・わんや、石之助は、朝から二日酔で炬燵に引くり返って寝ているのだった。

そんな中でお峰は、伯父との約束のおひる近くになってから、おそるおそるに御新造に切りだすのだった。

「あのう、この間からお願いいたしましたこと、お忙しいときに申訳ございませんが、どうしても今日の昼過ぎにという先方の約束のお金なので、お助け下さいませ。いついつまでも御恩に着ます」と手を合せてお願いすると、先日は、承知したようなことをいっておきながら、

「夫れはまあ何の事やら、成ほどお前が伯父さんの病気、つづいて借金の話も聞きましたが、今が今私しの宅から立換へようとは言はなかった筈、それはお前が何ぞの間違へ、私は毛頭《すこし》も覚えの無き事」と、驚いたようなあきれ顔してとりつく島もないのだった。

「ゑゝ大金でもある事か、金なら二円、しかも口づから承知して置きながら十日とたゝぬに耄ろくはなさるまじ、あれ彼《あ》の懸け硯の引出しにも、これは手つかずの分と一束、十か二十か悉皆《みな》とは言はず唯二枚にて伯父が喜び伯母が笑顔、三之助に雑煮のはしも取らさるゝと言はれしを思ふにも、どうでも欲しきは

彼の金ぞ、恨めしきは御新造とお峰は口惜しさに物も言はれず、常々をとなしき身は理屈づめにやり込る術もなくて、すご〳〵と勝手に立てば正午の号砲《どん》の音たかく、かゝる折ふし殊更胸にひゞくものなり。」

お峰は、どうすることもできずにたゞ、どうにかしなければとあせるばかりだった。

この大晦日の忙がしい最中、奥様は、嫁に行った娘の初産に呼び立てられ、大あわてで出掛けていった。入れ違いに何も知らない三之助が、約束の金をもらいに来、にこにこと「旦那や御新造に宜くお礼を申して来いと父《とう》さんが言ひました」という。

お峰はせっぱつまってしまった。

「嬢さまがたは庭に出て追羽子に余念なく、小僧どのはまだお使ひより帰らず、お針は二階にてしかも聾《つんぼ》なれば子細なし、若旦那はと見ればお居間の炬燵に今ぞ夢の真最中、拝みまする神さま仏さま、私は悪人になりまする、成りたうは無けれど成らねば成りませぬ、罰をお当てなさらば私一人、遣ふても伯父や伯母は知らぬ事なればお免しなさりませ、勿体なけれど此金ぬすまして下されと、かねて見置きし硯の引出しより、束のうちを唯二枚、つかみし後は夢とも現とも知らず、三之助に渡して帰したる始終を、見し人なしと思へるは愚かや。」

こうしてお峰はついに主人のお金を抜きとってしまったのだった。

いよいよ大晦日も暮れ近くなり、主人も奥様も帰ってきた。

石之助は、夜になるとまた父親に無心をして五十円をせしめて出て行ってしまった。

お峰は自分の犯した罪の恐ろしさに生きた心地もしなかった。そしてついに絶体絶命の時がやってきた。

「大勘定とて此夜あるほどの金をまとめて封印の事あり、御新造それ〳〵と思ひ出して、懸け硯に先程、屋根やの太郎に貸付のもどり彼れが二十御座りました。お峰、お峰、かけ硯を此処へと奥の間より呼ばれて、最早此時わが命は無き物、大旦那が御目通りにて始めよりの事を申し、御新造が無情そのまゝに言ふてのけ、術もなし法もなし正直は我身の守り、逃げもせず隠れもせず、欲かしらねど盗みましたと白状はしましよ、伯父様同腹《ひとつ》で無きだけを何処までも陳《の》べて、聞かれずば甲斐なし其場で舌かみ切って死んだなら、命にかへて嘘とは思しめすまじ、それほど度胸すわれど奥の間へ行く心は屠所《としよ》の羊なり。」

お峰は、覚悟をきめて大旦那の前に硯をさし出し息をつめて運命の瞬間を待った。と、中から出てきたのはたった一枚の紙切れ

「(引出しの分も拝借致し候　石之助)さては放蕩《のら》かと人々顔を見合せてお峰が詮議《せんぎ》は無かりき、孝の余徳は我れ知らず石之助の罪に成りしか、いや〳〵知りて序《ついで》に冠《かぶ》りし罪かも知れず、さらば石之助はお峰が守り本尊なるべし、後の事しりたや。」

「大つごもり」の世界

一葉はこのクライマックスのお峰の絶体絶命の境地までを緊張感を盛り上げるようにかけ上るように描き、結末をさっと転換させた手際はまことにあざやかでスリルに富んでいる。そこに至るまでの緊張が最後にほっとときほぐされる構成の仕方はまさに劇的である。これ

は、新劇にもなり、中国に行っても上演されたが、この最後の場面の「引出しの分も拝借仕り候」と継母が紙きれを読み上げるシーンでは、「今までの息をのむ様な静まりから、一瞬ドッと吹き出される様な」笑いがわき起ったそうだ。その笑いは、支配階級からの圧政に対する庶民のささやかな解放を意味するのでもあろう。せっぱつまって盗みを働くお峰は裏返せば、一葉その人であった。一葉は実生活では盗むことなどしなかったけれど、その生活感情としては、お峰の盗みを肯定する側にいた。

「大つごもり」を書いた頃、一葉は、竜泉寺町から、福山町に引越したばかりで、従兄の幸作の死に会い、生活の極度の窮乏から、久佐賀や村上浪六とも渡り合って生きる目的さえ失いかけ精神的にも物質的にも苦悩をなめつくしていた。そんな一葉は、生きる為に盗みを働いたお峰を自分自身のこととして「大つごもり」を書いたのであった。

実際にも萩の舎で二円の金がなくなったとき、一葉に嫌疑のかかったことがあったそうである。だから、一葉は放蕩息子の石之助に対する描写もお峰を助ける意味からもつきはなしては書かず、貧乏人に思いやりのある設定にしている。そして最後の救いに対する用意にしたのである。この最後のシーンは一葉自身の願いでもあった。石之助に託してこうした救いを描かなければどうしようもないほど、一葉はせっぱつまっていた。そうしたぎりぎりの状態の中で、必死に書いたのが「大つごもり」なのである。お峰の上に人間の極限状態における盗みという条件を設定しながらも、それをつきつめて描かずに、石之助に救わせてしまったラストシーンは、「すぐれた社会小説になるべき筈の素材を人情小説に」(和田芳恵「樋口一葉」)

してしまったといえるのである。せっかくの素材にもう一歩のつっこみが足りなかったのである。

「たけくらべ」

一葉が、生活苦と桃水への思いにたえかねて、「文学は糊口の為になすべき物ならず」と生活上の大転換をはかって、下谷竜泉寺町に荒物屋の店を開いたのは、明治二十六年七月のことであった。一葉はそこで翌年の四月まで生活し、吉原近くの人々の実生活にぢかにふれたのであった。一葉にとって、この一年足らずの体験が文学的に見事に昇華されたのが、名作「たけくらべ」である。

「たけくらべ」という題名は、『伊勢物語』二十三段の、

つゝゐつゝゐつゝにかけしまろがたけ。。
すぎにけらしないもみざるまに
。。。
くらべこしふり分髪もかたすぎぬ
きみならずしてたれかあぐべき

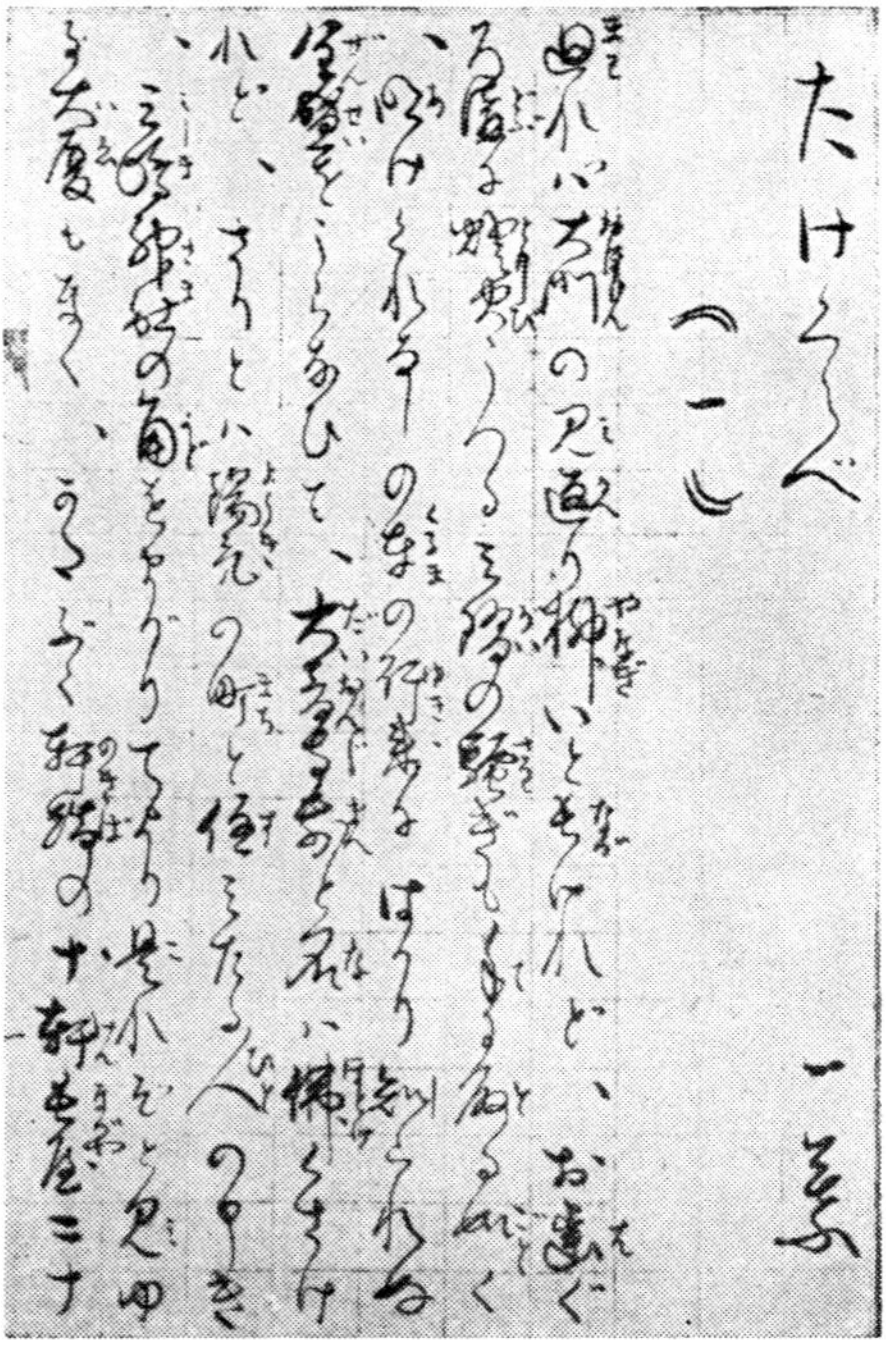

『たけくらべ』原稿

という二首の和歌からとったものである。大人になる前の、かといって子供ではないその微妙な思春期の少年と少女のほのかな性のめざめを描いたこの物語にまさにうってつけの題名であるが、一葉は最初これを『雛鶏』とつけた。未定稿『雛鶏』は現存しているが、『たけくらべ』の後半にあたる部分はかかれていない。一葉は、この『雛鶏』を二十七年の秋から暮にかけて書いたといわれている。竜泉寺町を引払い、丸山福山町に移った年の秋である。貧しい庶民の哀感がにじむ「大つごもり」を書いていた頃である。

「文学界」への寄稿を頼まれた時、一葉はこの未定稿の『雛鶏』に手を加えて、『たけくらべ』と題して発表した。発表は二十八年一月（第二十五号）、二月（第二十六号）三月（第二十七号）、八月（第三十二号）、十一月（第三十五号）、十二月（第三十六号）二十九年一月（第三十七号）と断続的になされた。

これに若干手を加え「文芸倶楽部」第二巻第五編（明治二十九年四月十日発行）にまとめて掲載されたのが現在の『たけくらべ』である。

『たけくらべ』は明治の生んだ日本文学の不朽の名作として古典の位置を与えられているものである。

『たけくらべ』の女主人公は、大黒屋の美登利という十四歳のわがままな、意地と張りのある美しい少女である。それに十五歳の信如と、美登利より一つ年下の田中屋の正太郎を配して、それぞれの愛のかたちをみごとに描きわけている。

季節は八月廿日の千束神社の祭りの直前から酉《とり》の市のあとまでの、夏の盛りから初冬までの期間、一葉自身吉原に住んで実際に目でみた季節だけを描き、その為のリアリティーが、季感を濃くにじみださせている。

ここに、美登利を中心とする少年少女たちが、吉原という特殊な世界に寄生して生きる大人たちの残酷な人生のすぐ隣で、生き生きと動いている。すぐ隣りの残酷な世界は、明日の美登利のそれであることを思わせながら、それにふれず、暗示するにとどめている。

美登利の自由はそれまでのつかの間のものでそれ故に彼女の意地と張りの魅力の裏にあわれがただようのである。一葉の目は吉原の社会悪そのものを意外に深く見つめていると思われる。

あらすじと内容

㈠「廻れば大門の見返り柳いと長けれど、お歯ぐろ溝に燈火うつる三階の騒ぎも手に取る如く、明けくれなしの車の行来にはかり知られぬ全盛をうらなひて、大音寺前と名は仏くさけれど、さりとは陽気の町と住みたる人の申しき――」

『たけくらべ』は、吉原を中心にそこに生活する人々の種々層を写すところからはじまっている。大音寺とは、龍泉寺町の中心にあり、そこから龍泉寺町を通称大音寺前というのであった。ここでは龍華寺という名で後に出てくる信如の寺のモデルともなっている。

ここに引越してきた時一葉は、はじめての日記に、

「此家は、下谷よりよし原がよひの只一筋道にて、夕がたよりとゞろく車の音。飛ちがふ燈火の光り、たとへんに詞なし。行く車は、午前一時までも絶えず。かへる車は、三時よりひゞきはじめぬ。もの深き本郷の静かなる宿より移りて、こゝにはじめて寝ぬる夜の心地、まだ生れ出でゝ覚えなかりき。」

と書いた。

ここに住む人々は、多かれ少なかれ吉原に寄生して生活しているものばかりであった。一葉は貧しい庶民が吉原によりすがって生きる有様に目をすえて、それを独特の風俗として細かに描く。

朝帰りの客を送り出し、やっと床にもぐり込む者、雨戸を半分とざして、眠りをさまたげないようにしながらその傍《かたわら》で、お酉様に売る熊手つくりに余念がない家族、男は妓楼の使い走りや下足番、娘は、そこの遊女で羽ぶりをきかすのが出世のつもりで、それが檜舞台と思い込んでいるようなしまつ、また唐桟ぞろいに

紺足袋、雪駄と意気な姿《なり》して横抱きの小抱かかえ忙しげに走りまわる仕立屋さん等、「一体の風俗よそと変りて」子供たちもそれに染まったませた子が多かった。

この子供達の通っている学校に私立の育英舎というのがあった。千人近くもいる子供たちは、火消鳶人足、もぐり弁護士、吉原の勘定の払えない客についていく役の付馬の子供、その貸座敷の秘蔵息子等々、それぞれだが、その中に龍華寺の信如という勉強熱心のおとなしい子供がいた。歳は十五、並背のいが栗頭で何となく釈信如といってもおかしくない様子の子供であった。

こうして物語の主人公の一人、藤本信如は他の吉原近くの色に染まった子供たちと意識的に対照させて、登場するのである
㈡　八月廿日は千束神社の祭りである。この辺の若者たちはもちろん、子供たちもそれぞれこの日の為に意気ごんで、そろいの浴衣は言うまでもなく他にも聞けば肝をつぶすほどの趣向の数々をこらすのであった。

この中に横町組の餓鬼大将で長吉という十六になる鳶頭の子があった。

一方、表町には、田中屋の正太郎といって十三になる金持の人好きのする可愛らしい子がいた。

二人は、私立と公立という学校の違いもあってことごとに対立している。

長吉は今年こそは、祭の日に正太郎を出し抜いて横町組の力を盛りかえそうと意気込んで信如の許を訪ね、このところ出し抜かれてばかりいる正太へのくやしさをぶちまけるのだった。仕返しのために、ぜひ信如も横町組に入ってくれと頼み、しぶる信如を無理に納得させる。信如は、そのかわり乱暴者の長吉に向っ

て、先方が喧嘩を売りに出るまでは、絶対に手出しをしないことを約束させるのだった。

㈢「解かば足にもとどくべき髪を、根上りに堅くつめて前髪大きく髷おもたげの、赭熊《しやぐま》といふ名は恐ろしけれど、これを此頃の流行とて良家の令嬢も遊ばさるゝぞかし、色白に鼻筋とほりて、口もとは小さからねど締りたれば醜くからず、一つ一つに取たてゝは美人の鑑に遠けれど、物いふ声の細く清しき、人を見る目の愛敬あふれて、身のこなしの活々したるは快きものなり、柿色に蝶鳥を染めたる大形の浴衣き

「美登利」絵姿

て黒繻子と染分絞りの昼夜帯胸だかに、足にはぬり木履こゝらあたりにも多くは見かけぬ高きをはきて、朝湯の帰りに首筋白々と手拭さげたる立姿を、今三年の後に見たしと廓がへりの若者は申き」

ここでいよいよ女主人公《ヒロイン》大黒屋の美登利の登場である。

「生国は紀州、言葉のいさゝか訛れるも可愛く、第一切れ離れよき気象を喜ばぬ人なし」

姉は今を盛りの大黒屋の大巻、そのおかげでおせじがわりのお小遣いはふんだんときて、さながら子供仲間の女王である。

美登利の父母は、姉の身売りと共に上京し、大黒屋の寮のあづかりをしながら、母は遊女の仕立物、父は小格子の書記をしているのだが、楼の主は、美登利の美しさに目をつけてその大切がり様は一通りではなかった。

八月二十日のお祭りは美登利たちにとっても最大の関心事、「心いっぱい面白いことをして遊びましょう」という友達に、お金の方は美登利が勘定なしに引受けるのだった。

子供達の相談の末、田中の正太の提案で筆やの店で幻燈をすることにきまり、横町の三五郎に口上を言わせようということになった。

正太は、不足の品物を買物するのに、大汗かいて飛びまわり、いよいよ明日ということになると、その評判は横町にまでも聞えるのだった。

㈣　待ちにまった祭りの日も今日一日という夕ぐれ、筆やの店さきには子供たちが十二人、一人だけ残った美登利のおそいのをもどかしがって、正太はまだかまだかと門を出たり入ったり、たまりかねて三五郎に呼びに行けと言いつけるのだった。

「おっと来たさの次郎左衞門、今の間とかけ出して韋駄天とはこれをや、あれ彼の飛びやうが可笑しいとて見送りし女子どもの笑ふも無理ならず、横ぶとりして背ひくゝ頭の形は才槌とて首みじかく、振むけての面を見れば出額の獅子鼻、反歯の三五郎といふ仇名おもふべし、色は論なく黒きに感心なは目つき何処までもおどけて両の頬に笑くぼの愛敬、目かくしの福笑ひ見るやうな眉のつき方も、さりとはをかしく罪の無き子なり、貧なれや阿波ちゞみの筒袖、己れは揃ひが間に合はなんだと知らぬ友には言ふぞかし」

滑稽者《おどけもの》といわれる三五郎は、貧しさ故に、金主の田中屋と、家主の長吉、地主の龍華寺などそれぞれに頭があがらず、長吉達にかくれては、正太の組に入って使い走りをしているのだった。

三五郎は意識して三枚目化され、狂言廻しとしての役を与えられている。

筆やの店さきに腰かけて美登利を待つ正太は、思わず口ずさんだ「忍ぶ恋路」を内儀に冷かされ、照れかくしに仲間を引連れ表へ飛び出そうとした途端、夕飯をつげに来た祖母に連れられ、不承〳〵帰っていった。

㈤　三五郎をさんざん待たせたあげく、夕化粧をととのえた美登利が筆やの店にあらわれた時は、正太が夕飯に帰ったあとだった。

「あゝ面白くない、おもしろくない、彼の人が来なければ幻燈をはじめるのも嫌、伯母さん此処の家に智恵の板は売りませぬか、十六武蔵でも何でもよい、手が暇で困ると美登利の淋しがれば、それよと即座に鋏を借りて女子づれは切抜きにかゝる、男は三五郎を中に仁和賀のさらひ、北廓全盛見はたせば、軒は提燈電気燈、いつも賑ふ五丁町……」と諸声をかしくはやし立て、十人余りの子供たちが、浮かれて、手拍子までとる騒ぎに、何事かと入口に人垣さへも出来た。

と、丁度その時、その人垣の中から、

『三五郎は居るか、一寸来てくれ大急ぎだ』と文治という元結よりが呼んだ。

『おいしょ、よし来た』

と何の用意もなく身がるに飛び出した三五郎におそいかかった横町組の一団、筆やの軒の掛提燈をたゝき落し、止めるのも聞かずにねじ鉢巻に大万燈をふりたてゝ、思うがまゝの乱暴狼藉、土足で踏込む傍若無人ぶり、それこそ、まるで逆巻く潮のような騒ぎになった。

正太の姿が見えないのを、

『何処へ隠した、何処へ逃げた、さあ言はぬか、言はぬか、言はさずに置くものか』と三五郎を取っちめて踏んだり蹴ったり、美登利はくやしさに周りの人の止めるのもきかず、それをかきのけ

『これお前がたは三ちゃんに何の咎がある、正太さんと喧嘩がしたくば正太さんとしたが宜い、逃げもせねば隠しもしない、正太さんは居ぬではないか、此処は私が遊び処、お前がたに指でもさゝしはせぬ、

えゝ憎らしい長吉め、三ちゃんを何故ぶつ、あれ又引倒した、意趣があらば私をおぶち、相手には私がなる伯母さん止めずに下され』と身をふるわして怒るのだった。

『何を女郎の頬桁たゝく（喋ること―註）姉の跡つぎの乞食め、手前の相手にはこれが相応だ』と、大勢のうしろから長吉が泥草履つかんで投げつけ、ねらい違わず美登利の額際にきたない泥がべったりついた。あまりのことに、血相変えて立ちあがる美登利、怪我でもしてはとそれを抱きとめる女房。

そんな美登利に駄目を押すように、長吉は、『ざまあ見ろ、此方には龍華寺の藤本がついて居るぞ』と言い捨てて逃げるのだった。

三五郎はかけつけた巡査におくられていくが、途中、横町の角までいくとその手を振りはなして一目散に逃げてしまう。大家の息子の長吉と喧嘩したことがばれゝば、父親に叱られるに違いないからである。

一葉はそうした三五郎を描きながら、否応なしに子供の世界まで侵触する貧しさそのものの悪をみつめていると思われる。

㈥　そのあくる日、美登利は今まで休んだことのない学校に行かなかった。

遊びにきた正太は、美登利に向って、昨日のことが、まるですべて自分の罪ででもあるかのように平あやまりにあやまる。

こゝでは必死に謝まる正太を通して、一葉は次第に明確に正太にさへも無自覚な美登利への愛を描いている。その愛のかたちは、美登利を家に招いて、錦絵や、羽子板をみせたり、母のない淋しさを訴えたりする無邪気なものではあったが、やはり異性に対する愛には違いなかった。

『お前が姉であったら己れは何様に肩身が広からう、何処へゆくにも追従て行って大威張りに威張るがな（中略）ねえ美登利さん今度一処に写真を取らないか、（中略）龍華寺の奴が浦山しがるやうに……』

美登利に対して素直に感情を表現する正太に対して、美登利はそうした、異性に対する特別の感情から、まったく自由な所にいるのだった。そしてそれ故に正太とは人一倍親しくするのである。

㈦　龍華寺の信如と大黒屋の美登利は、共に私立の育英舎に通っていた。

ある時、いつも落着いている信如が、どうした加減か、松の根につまづいて、羽織の袂《たもと》を泥にしたことがあった。たまたま居合せた美登利は、みかねて、自分のはんかちをさし出して世話をやいた。

それが友達の間で噂になったのがきっかけで、信如はよそよそしいそぶりを見せる様になった。

美登利は最初そんなことは気にもせず、親しげにしていたが、度重なる信如のそぶりに
『人には左もなきに我れにばかりつらき仕打をみせ、物を問へば碌な返事した事なく、傍へゆけば逃げる、はなしをすれば怒る、陰気らしい気のつまる、どうして宜いやら機嫌の取りやうも無い、彼のやうなむづかしやは思ひのまゝに捻れて怒って意地わるが為たいならんに、友達と思はずば口を利くも入らぬ事』

と、癪にさわって、摺れ違っても物もいわず、途中で逢っても挨拶さえしないようになった。

祭りの日の出来事があって以来、美登利の学校通いはふっと途絶えた。あの日の屈辱感が美登利の胸に消えがたい泥のように沈澱したのであった。そして彼女は、いつの間にかあの出来事の張本人を長吉ではなく

信如であるとしてしまっていた。彼女の心に占める比重が、長吉よりも信如にかかっていたからであろう。

美登利の意地は、

「よし級は上にせよ、学は出来るにせよ、龍華寺さまの若旦那にせよ、大黒屋の美登利紙一枚のお世話にも預からぬ物を、あのやうに乞食呼はりして貰ふ恩は無し」

ともっぱら信如に向って投げつけられ、

「我れ寮住居に人の留守居はしたりとも姉は大黒屋の大巻…」

と比較にもならないものをもってきて、対抗するのであった。

こうした美登利の意地は、吉原の人々の一般の人に対する生活感情をあらわしているともいえる。そうした吉原の色が、知らず知らずに美登利を染めて、姉の大巻は唯一の誇りであり、物の見方の基準ともなっているのである。

学校に通うのをやめた美登利は、それからは、仲のいゝ友達と勝手きまゝに遊び暮すようになった。この章では、美登利の意地を通して信如に対する彼女自身にさえも、無自覚な愛がとらえられている。

(八)　吉原での日常生活は、美登利に男の恐ろしさを感じさせず、女郎というものに対しても賤《いや》しい勤めとは思わせないようになった。彼女はお職を通す姉のつらさは思いもよらず、ただただ外面的な派手さに魅かれあこがれるのであった。

美登利は、もう大人でも舌をまく程の通な態度を身につけていた。ある時筆屋の店さきに女太夫が通ったことがあった。

「はらりと下る前髪の毛を黄楊《つげ》の髮櫛にちやっと掻きあげて、伯母さんあの太夫さん呼んで來ませうとて、はたはた駆けよって袂にすがり、投げ入れし一品を誰にも笑って告げざりしが好みの明烏さらりと唱はせて、又御贔負をの嬌音これたやすくは買ひがたし、彼れが子供の所業かと寄集まりし人の舌を巻いて太夫よりは美登利の顔を眺めぬ」

こゝで一葉は吉原独特の風俗をくわしく描き、「好いた好かぬの客の風説」に明け暮れる生活の中におかれた十四歳の少女の現実をみせる。

㈨　所かわって信如の家、龍華寺である。

父の大和尚はでっぷりとした赤ら顔の俗臭ふんぷんたる男である。

母は四十余りの髪の薄い色白の、小さめの丸髷の普通の人であるが、もとは檀家の一人であった。早くに良人を亡くして寄辺ない境遇だったのでお針やといとして寺に奉公に来、洗濯、炊事、墓場の掃除までこまごまとよく働いた。それを見ていた和尚は、打算もあって、いつの間にか自分の女にしたのであった。

この二人から生まれた信如と花の姉弟はまるで性格が違っていた。姉のお花は、信如と対照的に愛くるしく明るい性格でもあったので、和尚は田町に葉茶屋の店を出し、そこにお花をおいたので、結構若いお客が絶えなかった。

「いそがしきは大和尚、貸金の取たて、店への見廻り、法用のあれこれ、月の幾日は説教日の定めもあり帳面くるやら経よむやら斯くては身躰のつゞき難しと夕暮れの縁先に花むしろを敷かせ、片肌ぬぎに団扇づかひしながら大盃に泡盛をなみ〳〵と注がせて、さかなは好物の蒲焼を表町のむさし屋へあらい処をとの誂へ、承りてゆく使い番は信如の役なるに、其嫌やなること骨にしみて、路を歩くにも上を見し事なく、筋向ふの筆やに子供づれの声を聞けば我が事を誹らるゝかと情なく、そしらぬ顔に鰻屋の門を過ぎては四辺に人目の隙をうかゞひ、立戻って駈け入る時の心地、我身限って腥きものは食べまじと思ひぬ。」

父親の和尚はどこまでもさばけた人で、とかくの噂にも耳をかさず、酉の市には細君を門前に立たせて簪の店を開いたりする有様、信如は、人のおもわくや目がつらく、止めてくれと頼むが一向に聞入られず相手にもされない。

「朝念仏に夕勘定、そろばん手にしてにこ〳〵と遊ばさるゝ顔つきは我親ながら浅ましくて、何故その頭は丸め給ひしぞ」

信如は父とも母とも姉とも合わず一人、家庭の中で孤立していた。こうした信如を、変屈の意地悪という友もあったが、本当はそれどころか自分の悪口をいう者があると聞いても、出ていって口論する勇気もなく、部屋にとぢこもって人にも会えない臆病至極の性格だった。ところが学校の出来ぶり、身分などで、誰一人そんな弱虫とは知らず、買いかぶって「龍華寺の藤本は生煮の餅のやうに真があって気に成る奴」と憎らしがっている者もあるのだった。

この章では、和尚の徹底的な俗物ぶりを描いて、その家庭環境の中で、どの様に信如の性格がゆがめられていったかをあとづけている。

物欲とは無関係のはずの和尚の中に、最も俗物的な欲深さをとり出してみせた一葉の人間観察は、注目に値する。金を中心に動く人間の実相を一葉は徹底的にあばいていく。金の苦労をしつくした一葉は、人間が金の為にどんなにあさましくなるものかを骨身にしみて知ったので、こういう人間のすさまじい現実を鋭くとらえて、みごとに描くことが出来たのであろう。

信如はこの父親の俗物ぶりに反発することで育ってきた。信如はこうした父親にほとんど正視出来ない程の嫌悪感を抱いている。信如の中の少年特有の潔癖な正義感が、そうした父の俗物的打算を受付けないのであった。しかし、その正義感は、あくまでも反抗しとおす程の強さをもたず、聞き入れられずにおさえられると、もやもやと内向してしまうという性格のものであった。環境に順応することも出来ず、さりとて反抗しとおすことも出来ない性格の悲劇性を一葉は信如の中に設定したのである。「浮雲」以来、近代小説の主人公のもつ分裂症的な性格を信如も又、有しているのである。

信如の上にこうした分裂症的ないたましい性格を設定した上で、美登利と正太郎を対照させながら、その愛の行方を実験的に描いていったのが『たけくらべ』なのである。

信如のこの近代的性格の創造が『たけくらべ』をすぐれたものにしているともいえる。しかし『たけくらべ』では、この信如の性格は近代的特徴として徹底的に追求されてはいない。理解出来ない性格として情緒的に描かれるのである。「たけくらべ」が近代的リアリズム文学にならずに終った所以はここにある。が、一方信如のこうした不徹底さが、この作品の余韻となって詩を生んだともいえるのである。
この作品のラストシーンの抒情性は、信如を徹底的に解剖せずに不可解なまゝとり残したところに生れたのであるから。ここでは、こうした信如の不徹底な性格を描くことによって、その恋の結末をも暗示させるのである。

(十)　信如は祭りの夜、田町の姉の許に使いに行っていて、筆やの騒ぎは夢にも知らなかった。次の日、出来事を聞くと、

「今更ながら長吉の乱暴に驚けども済みたる事なれば咎めだてするも詮なく、我名を借りられしばかりつく〲迷惑に思はれて、我が為したる事ならねど人々への気の毒を身一つに背負たる様な思ひありき」

相変らず気弱くぐず〲と内向するのであった。

長吉はやっとほとぼりがさめた頃あやまりにきて、信如にぜひとも今まで通り横町組の後立てでいてくれる様に頼む。信如は夫れでも私は嫌だとはいへず、決して自分達から手出しをしないことを長吉に念を押し、ただ再び喧嘩の起らないようにと祈るばかりであった。

一方、横町の三五郎は思い切りぶたれたり蹴られたりのおかげで、二三日は立居も苦しく見知りの者に、不審がられた程であった。が、父親に知れたら先方は大家の息子、叱りつけられて詫に行かされるに違いないと、口惜しさを噛みしめながら我慢していたが、日が経つにつれ痛みも薄れ、口惜しさも忘れて、頭の家の赤ん坊の守りをして、二銭の駄賃をうれしがって、ねんねんよ、おころりよと背負いあるく有様、十六に

もなって大きい図体をしながら、そのまま表町へものこのこ出かけていき、美登利と正太には、

『お前は性根を何処へ置いて来た』

とからかわれながらも遊びの仲間にくっついていた。

祭りの夜の出来事の後の、信如・長吉・三五郎のそれぞれの有様を描いて、みごとにその性格・立場などを浮き彫りにしているのはさすがである。

「雛鶏」の中では、騒ぎの後信如が筆やへ馳けつけることになっているが、こゝでは、信如を影にまわして、物語の混乱をさける工夫がされている。

この章では、これにつづいて、春より秋にかけての吉原の風俗が季をとらえてくっきりと描きだされる。場面が秋になるための序章ともいうべきものであるが、章が改められていないのは、「文学界」連載当時の枚数の都合らしい。

「春は桜の賑ひよりかけて、なき玉菊が燈籠の頃、つゞいて秋の新仁和賀には十分間に車の飛ぶ事此通りのみにて七十五輛と数へしも二の替りさへいつしか過ぎて、赤蜻蛉田圃に乱るれば横堀に鶉なく頃も近づきぬ。朝夕の秋風身にしみ渡りて上清が店の蚊遣香懐炉灰に座をゆづり、石橋の田村やが粉挽く臼の音さびしく、角海老が時計の響きもそゞろ哀れの音を伝へるやうに成れば、四季絶間なき日暮里の火の光りも彼れが人を焼く烟りかとうら悲しく、茶屋が裏ゆく土手下の細道に落かゝるやうな三味の音を仰いで聞けば、仲之町芸者が冴えたる腕に、君が情の仮寝の床に何ならぬ一ふし哀れも深く、此時節より通ひ初るは

浮かれ浮かるゝ遊客ならで、身にしみじみと実のあるお方のよし、遊女あがりの去る女が申き、此ほどの事かゝんもくだ〳〵しや。大音寺前にて珍《めず》らしき事は盲目按摩の二十ばかりなる娘、かなはぬ恋に不自由なる身を恨みて水の谷の池に入水したるを新らしい事とて伝へる位なもの、八百屋の吉五郎に大工の太吉がさっぱりと影を見せぬが何とかせしと問ふに此一件であげられましたと、顔の真中へ指をさして、何の子細なく取立てゝ噂をする者もなし、大路を見渡せば罪なき子供の三五人手を引つれて開いらいた開らいた何の花ひらいたと、無心の遊びも自然と静かにて、廓に通ふ車の音のみ何時に変らず勇ましく聞えぬ。

　秋雨しと〳〵と降るかと思へばさつと音して運びくる様なる淋しき夜、通りすがりの客をば待たぬ店なれば、筆やの妻は宵のほどより表の戸をたてゝ、中に集まりしは例の美登利に正太郎、その外には小さき子供の二三人寄りて細螺《きしやご》はじきの幼なげな事して遊ぶほどに、美登利ふと耳を立てゝ、あれ誰れか買物に來たのでは無いか溝板を踏む足音がするといへば、おや左様か、己いらは少つとも聞なかったと正太もちう〳〵たこかいの手を止めて、誰れか仲間が来たのでは無いかと嬉しがるに、門なる人は此店の前まで来たりける足音の聞えしばかり夫れよりはふつと絶えて、音も沙汰もなし。」

吉原の季節の移り変りとそこに生活する人々が、リズムを持った美しい文章の中に生きている。

韻文の魅力が最大限に生かされており、上田敏が推奨して以来、絶唱とされている。

文章のリズムに季節の推移を合せ、次へのクライマックスの用意ともしている所である。

㈩　足音は信如であった。正太の声に美登利は『信さんかへ、嫌やな坊主ったら無い、屹度筆か何か買ひに来たのだけれど、私たちが居るものだから立聞きをして帰ったのであろう。意志悪の、根性まがりの、ひねっこびれの、吃りの、歯かけの、嫌やな奴め、這入って來たら散々と窘めてやる物を、帰ったは惜しい事をした、どれ下駄をお貸し、一寸見てやる』

といいながら顔を出し、どうしたことか、その後姿を何時までも何時までも見送るのだった。不審に思った正太が声をかけると

『何うもしない』

と気のない返事をして上にあがり、細螺を数えながら、また信如の悪口を一しきり。

このあたりの美登利の様子、一方では悪口をきわめ、一方ではその後姿をいつまでも見送ったりする中に、信如に対する心の揺れがあざやかにとらえられている。それはそのまま、信如に対する関心の深さを示すものであった。美登利は「くすくすしている」信如の中に自分自身でも意識しないで、不可解な異性そのものを感じている。その理解しがたいもどかしさが、反動となって猛烈な悪口になるのであった。

とぼとぼと立去る信如、見送る美登利、『どうしたの』と不審がる正太、それはそのまゝ三人の位置をはっきりと示すものでもある。

正太は無邪気な自分の思いを正直にみせるだけで、ゆれ動く美登利の心を知る由《よし》もない。だから正太は、美登利に向って、信如を弁解し、長吉の悪口をいうのである。

美登利が、もし信如に無関心ならば、当然正太に同意したであろう。又、正太が美登利に対してもう少し

深い洞察力と大人の愛を持っていたら、恋敵にあたる信如を弁解することなど、思いもよらないことであったろう。愛のかたち、愛の質の違いが、歴然と二人の態度や言葉にあらわれているのである。

つづいて、大人になったら「奇麗な嫁さんを貰って連れて歩く」という正太に、筆屋の女房は、美登利さんが好いのであろうとからかう。正太は顔を赤くしてとまどうが、美登利はそんなやりとりを聞いても一向無関心に細螺遊びに熱中するのであった。

図星を指され狼狽する正太は、無邪気に真直にお嫁さんは美登利をと、子供心に夢みている素直な愛の持主であった。

美登利の愛は、そんな正太にはなく、屈折した逆説的な表現をとらざるを得ない愛なのである。

㈢ ある雨の朝、信如は母の言いつけで田町の姉の許に使いに行く途中、大黒屋の前にさしかかった。運の悪い事に折りからの風に、あわてゝ傘をつかんで踏こたえた途端下駄の鼻緒がきれてしまった。困った信如は、大黒屋の門前に傘を寄せかけ、懸命に直そうとするが、あせるばかりで一向にらちがあかない。無中で紙綱《こより》をよっていると、またもや風が吹き、傘はころがる、手をのばすと今度は膝の小包みが落ち、風呂敷は泥に、自分の裾もよごしてしまう有様。

硝子越しに外を眺めた美登利は、あれ気の毒な人がいると、針箱から友禅ちりめんの切れ端をつかみ出して、庭下駄はくのももどかしく、急いで庭石を伝って門までやってきた。

「それと見るより美登利の顔は赤う成りて、どのやうの大事にでも逢ひしやうに、胸の動悸の早くうつを人の見るかと背後《うしろ》の見られて恐る〳〵門の傍《そば》へ寄れば、信如もふっと振返りて、此れも無言に脇を流れる冷汗、跣足《はだし》になりて逃げ出したき思ひなり。

平常の美登利ならば信如が難儀の体を指さして、あれ〳〵彼の意久地なしと笑ふて笑ふて笑ひ抜いて、言ひたいまゝの悪まれ口、よくもお祭りの夜は正太さんに仇をするとて私たちが遊びの邪魔をさせ、罪も無い三ちゃんを擲《たゝ》かせて、お前は高見で釆配を振ってお出なされたの、さあ謝罪なさんすか、何とで御座んす。私の事を女郎女郎と長吉づらに言はせるのもお前の指図、女郎でも宜いでは無いか、塵一本お前さんが世話には成らぬ。私には父さんもあり母さんもあり、大黒屋の旦那も姉さんもある、お前のような腥《なまぐさ》のお世話には能うならぬほどに余計な女郎呼はり置いて貰ひましょ、言ふ事があらば陰のくす〳〵ならで此処でお言ひなされ、お相手には何時でも成って見せまする、さあ何とで御座んす、と袂を捉らへて捲しかくる勢ひ、さこそは当り難うもあるべきを、物いはず格子のかげに小隠れて、さりとて立去るでも無しに唯うぢ〳〵と胸とゞろかすは平常《つね》の美登利のさまにては無かりき。」

クライマックスである。お互いに無関心ではいられない信如と美登利の出合いを、偶然の雨の中の出来事にからませて実現させた。

はだしで逃げ出したいほどの思いに堪えて、じっとうずくまり無言に冷汗を流す信如。大黒屋の中から足音が聞えた時、彼はどんな思いでそれを聞いただろうか、美登利かも知れない、いやきっとそうだと思いながら、ふっと振返らずにはいられない信如、その後の緊張ぶりが手に取る如くである。

一方、美登利の驚きとその後の描写には、平常の意地のある美登利を対照させて、信如への心の傾斜をあざやかにとらえられている。

無意識な何の心がまえもしていない美登利の前に突然あらわれた信如、それによって、美登利は思わず不用意に心の中をみせてしまうのである。

㈢ 「此処は大黒屋のと思ふ時より信如は物の恐ろしく、左右を見ずして直《ひた》あゆみに為しなれども、生憎の雨、あやにくの風、鼻緒をさへに踏切りて詮なき門下に紙縷を縷る心地、憂き事さまざまに何うも堪へられぬ思ひの有しに、飛石の足音は背より冷水をかけられるが如く、顧みねども其人と思ふに、わな〱と慄へて顔の色も変るべく、後向きに成りて猶も鼻緒に心を尽すと見せながら、半は夢中に此下駄いつまで懸りても履ける様には成らんともせざりき。

庭なる美登利はさしのぞいて、ゑゝ不器用な彼んな手つきして何うなる物ぞ、紙縷は婆々縷、藁《わら》しべなんぞ前壺に抱かせたとて長もちのする事では無い、夫れ〱羽織の裾が地について泥に成るは御存じ無いか、あれ傘が転がる、あれを畳んで立かけて置けば好いにと一々鈍かしう歯がゆくは思へども、此処に裂れが御座んす、此裂でおすげなされと呼かくる事もせず、これも立尽して降る雨袖に侘しきを、厭ひもあへず小隠れて覗ひしが、さりとも知らぬ母の親はるかに声を懸けて、火のしの火が熾《おこ》りましたぞえ、此美登利さんは何を遊んで居る、雨の降るに表へ出ての悪戯は成りませぬ、又此間のやうに風引かうぞと呼立てられるに、はい今行きますと大きく言ひて、其声信如に聞えしを恥かしく、胸はわくわくと上気して、何うでも明けられぬ門の際にさりとも見過しがたき難義をさま〴〵の思案尽して、格子の間より手に持つ裂れを物いはず投げ出せば、見ぬように見て知らず顔を信如のつくるに、ゑゝ例の通りの心根と遣る瀬なき思ひを眼に集めて、少し涙の恨み顔、何を憎んで其やうに無情そぶりは見せらるゝ、言ひたい事は此方にあるを、余りな人とこみ上るほどの思ひに迫れど、母親の呼声しば〳〵なるを侘しく、詮方なさに一足二足えゝ何ぞいの未練くさい、思はく恥かしと身をかへして、かた〳〵と飛石を伝ひゆくに、信如は今ぞ淋しう見かへれば、紅入り友仙の雨にぬれて紅葉の形のうるはしきが我が足ちかく散ぼひたる、そゞろに床しき思ひは有れども、手に取あぐる事をもせず、空しう眺めて憂き思ひあり。」

下駄をなおすとみせながら、神経のすべては背中に集中して動きのとれない信如、その不器用さにはらはらしながら声もかけられない美登利、偶然の出合いは、二人をはじめて意識的に向い合わせることになった。

ここでの二人の無言劇は、前章と違って偶然のとまどいからではなく、完全に意識してなされたものである。このお互いの意識的な愛の認識はやがて訪れる二人の大人への道程の入口ではじめて知った心のたゆたいであったのである。二人のおかれた位置の微妙さを一葉はここで、無言の劇にたくしたのである。ここでもし、どちらかが口をきけば、それは大人の恋か、もしくは逆もどりの子供のそれになってしまう。そのどちらでもない愛のかたち、はじめての恋の心を、やがてくる大人の世界を背後にほのめかせながら描こうとしたのが、この「たけくらべ」なのである。

その意味からもここの場面では一葉が意識的に前章の終りの部分とこの章の初めとをだぶらせて、描いている。

ともあれ、この無言の二人の緊張を破る母の声、美登利の返事、それを聞かれた恥かしさにわくわくとする美登利が思い余って投げる紅入り友仙、かたかたと飛石を伝って家に戻る美登利の下駄の音、はじめて見返る信如、そうした描写を通して、二人がお互いにどんなに抜きさしならない程の関心をもって、その場に釘づけされていたかがあざやかである。

雨にぬれて、一段とつややかな紅入り友仙の小切れは、美登利の心をうつしてくっきりと浮び上るのである。

後に残された信如は、友仙の紅葉が捨てがたく、今こそ心を残してふりかえる。その時ふいに声をかけたのは、長吉であった。今、廓内から帰るところらしく唐桟の着物に柿色の三尺、新らしい半天に屋号の入った傘、下ろしたての高下駄というていでたち。

信如の難儀をみると、すぐさま自分の下駄を履いてゆけといきなり尻端折に跣足になる。それを借りた信如は田町へ、長吉は我家へ、「思いの止まる紅入り友仙」だけが、空しく雨の中に可憐な姿をとどめるのだった。

長吉は廓内《なか》に遊んで若者になったのであろう。その気持の晴やかさ、誇りが信如に対する親切となってあらわれたのであろう。はじめて大人になった若者の喜びは、長吉に、雨の中を平気で跣足で歩いたりするほどの心の張りを与えたのであった

酉の市（木村荘八画）

この場面、そうした長吉の誇らしさとはずみが、信如との会話の中にもあざやかにとらえられている。やがてくる美登利をはじめ子供たちの大人への成長を示すための前ぶれでもある。

こうして次の章では、目もくらむばかりの酉の市の賑やかさが描かれる。

㈣　この日、吉原は非常門を明け、自由に客を往来させたので酉の市くずれの人々が、この時とばかり吉原へくり込んだものだという。

ここに暮す人々のほとんどは、吉原に寄生して生きるか、この酉の市目あてに生計をたてているのだったから、これらの人々にとって酉の市というのは特別に重い意味をもっていた。

この特別の日、少女の美登利は、自然の生理現象によって娘になった。めくるめくばかりの賑いに吉原全体が浮き立っている時、そんな騒ぎの中で、ひっそりと少女から娘になった感慨をかみしめる美登利、その背後に吉原のもつ重い意味が重なり合う。初めて嶋田に結い上げた美登利は、それが可憐で美しければ美しい程、やがて来る運命の残酷さを思わせて哀れにかなしい。

正太に会ってその晴姿をほめられると、美登利はいつになく俯向いて人目を恥じるのだった。子供たちの世界の女王として、意地と張りに花やいでいた美登利にも、やがて来る現実の苛酷さが、おぼろげに、身に迫るようになったのである。

(十四)「憂く恥かしく、つゝましき事身にあれば人の褒めるは嘲りと聞なされて、嶋田の髷のなつかしさに振かへり見る人たちをば我れを蔑む眼つきと察《と》られて、正太さん私は自宅へ帰るよと言ふに、何故今日は遊ばないのだらう、お前何か小言を言はれたのか、大巻さんと喧嘩でもしたのでは無いか、と子供らしい事を問はれて答へは何と顔の赤むばかり……」

家に帰った美登利は、正太にかまわず小座敷に蒲団抱巻持ち出して、物もいわずにうつ伏せに寝てしまう。正太が心配してたずねるのにも答えずに、袖を押えてしのび泣き、涙でおくれ毛を濡らしてしまうのだった。誰にどう訴えようもない美登利はただ我身が心細く恥かしく、正太の問いかけも心配もわずらわしく「帰っておくれ」というばかりだった。

何が何だか、分らない正太は、美登利のあまりの剣幕に、口惜しさを胸いっぱいにして、ふいと立って庭先からかけ出すのだった。

初潮をみた美登利の微妙な心理、異常な神経の高ぶり、漠然とした不安と恥らいなどが、細かな筆致に描きつくされている。

正太はそんな美登利を理解すべくもなく、その心を計りかねて、うらぎられたような口惜しさから、淋しい淡い悲しみをにじませて取り残されるのである。

美登利の相手としては幼なすぎる正太の少年らしい素直さも、やがては、大人の世界に入ると共に消えてしまうものであろうが、一葉は、最後まで正太だけは少年のまゝにしておいて、物語に感傷をもたせたのである。

そのために、長吉も美登利も信如も、それぞれの運命に一歩づつ近づいていくが、正太だけは少年の世界にとどまっている。

(六) 美登利へのくやしさともやもやに、正太は「真一文字に駆けて人中を抜けつ潜りつ筆屋の店にをどり込む」のであった。

そこに居合せた三五郎の、信如が近く何処かの坊さん学校に入るらしいという噂にも上の空で、正太はただただ美登利の素振りのそっけなさばかりが気になって、賑やかな大路を前に淋しさをつのらせていく。

こうして次第に子供達の世界は、それぞれの成長によってやがて大人の世界に吸い込まれてゆくに違いないことを暗示しつつ、幕切れのシーンの印象を余韻のあるものにするのである。

美登利はあの日を境にして生れ変わったようなおとなしさに、町に出て遊ぶこともなくなって、表町は火の消えたような淋しさ。

正太のおとくいの喉もめったに聞けず、夜な夜な日かけの集めに土手をゆく影もそゞろ寒げ、時たま供をする三五郎の声だけが相変らずおどけて聞えるばかりであった。

「龍華寺の信如が我が宗の修業の庭に立出る風説をも美登利は絶えて聞かざりき。有りし意地をば其ままに封じ込めて、此処しばらくの怪しの現象《さま》に我れを我れとも思はれず、唯何事も恥かしうのみ有けるに、或る霜の朝水仙の作り花を格子門の外よりさし入れ置きし者の有けり、誰れの仕業と知るよし無けれど、美登利は何ゆゑとなく懐かしき思ひにて違ひ棚の一輪ざしに入れて淋しく清き姿をめでけるが、聞くともなしに伝へ聞く其明けの日は信如が何がしの学林に袖の色かへぬべき当日なりしとぞ。」

美登利は誰のしわざか分らない水仙の花を信如の心だときめている。そうであって欲しい心の願いが、そしてその別れの哀しみが、淋しく清い水仙の作り花に象徴されて、この作品を浪漫的な香りの高いものにしている。

『たけくらべ』の生命は、リアリズムに裏打された限りない詩情である。

韻文という形式の文体が、リアリズムと詩情をみごとに融合させて微妙な詩的世界をつくり出した。

平林たい子氏はそれを、「『たけくらべ』は内容の点で彼女のリアリズムへの到達を完全に証明したが、同時に形式の上でもこの形式の最大伸度に於いてはち切れるまでの膨張をさせた」という言葉であらわしている。

一葉の現実体験の深まりが作品にリアリティーをもたらし、その文体が、移りゆく吉原の季節感をくっきりと描き出し、そこに流れるあふれんばかりの抒情精神が我々の情感をゆするのである。

一葉の時代の文学が、文章そのものにどの位規制されなければならなかったかは今日の散文を考えてみるとよく分るが、一葉はそれを『たけくらべ』の中で最大限の魅力として生かしたのである。

一葉の和歌や王朝文学の素養がその香り高い文体をつくり上げていることはいうまでもない。が、それと共に見逃すことの出来ないのは西鶴の影響である。冗慢になりやすい和文脈がそれによって簡潔な生き生きした美しさをもつことになったのである。

しかしながら、この文体の魅力を生かす為には、信如の近代的性格も吉原の社会悪もそれを徹底して描くことはできないから、暗示するにとどめ、美登利の心を紅入り友染に、信如のそれを水仙の作り花に託したのである。

そこに生れた余韻は人々の心に詩情を呼び、忘れられた魂の惜春賦ともなったが、その古典的なメロドラマ故に新しい文学へのかけ橋とはなり得ないのである。

『たけくらべ』は韻文形式における一葉文学の最大限の魅力を示すと共に、その限界をも示すものであるといえるのである。

一葉が『たけくらべ』によって、生きながら半ば古典の位置を与えられるのを知り、それを決定的にしたのが、「めざまし草」の「三人冗語」に載った「たけくらべ」評である。

「三人冗語」は森鷗外、幸田露伴、斎藤緑雨の三人による鼎談形式のもので、当時の文壇における批評の最高権威であった。

特に露伴、鷗外の絶讃の言葉（「生涯編」）は、前代未聞のこととして文壇にセンセーションをまき起したのである。

「にごりえ」

一葉の小説中、最も写実性の高いものとしてあげられるのが、「にごりえ」である。明治二十七年五月、一葉は下谷竜泉寺町の店を閉じ、本郷丸山福山町に引移った。

「にごりえ」の背景

「となりに酒うる家あり。女子あまた居て、客のとぎをする事うたひめのごとく、遊びめに似たり。つねに文かきて給はれとて、わがもとにもて來る。ぬしはいつもかはりて、そのかずはかりがたし。

まろびあふはちすの露のたまさかは
誠にそまる色もありつや

うしろは丸山の岡にて物しづかなれど、前なるまちは、物の音つねにたえず。あやしげなる家のみいと多かるを、かゝるあたりに長くあらんは、まだ年などのいとわかき身にて、終にそまらぬやうあらじと、しりうごと折々に聞ゆ。

つまごひのきゞすの鳴音しかの声
　こゝもうきよのさがの奥也」

右は、明治二十八年一月四日の一葉の日記である。この日記の中にもあるように、一葉の引越した丸山福山町界隈は新開地で、周りには、銘酒屋が立ち並んで女たちが群《む》れていた。一葉はそこに働く女たちに頼まれてよく恋文の代筆をしてやったという。夜ごと夜ごと男たちの慰み物になるために、身を売って生活している女たちのあわれな現実を目のあたりにして一葉はそれを描かずには、いられなかった。あわれな女たちの苦しみを自分のものとして描くことが一葉の生きる意味であった。「にごりえ」のリアリティーは、そのためにみごとなものとなったのである。

馬場孤蝶は、「一葉全集の末に」という文章の中で、その頃の一葉のことを、こんな風に書いている。

「――新開の土地には必らず出来る一種の商売屋があった。さういふ商売屋は新開の開拓者の形であった。福山町近辺もその慣例に漏れ無かった。

入口は土間で、眞中に白金巾を掛けた丸いテーブルがあって、その上には安陶器の花瓶に花が活けてあり、壁には棚があって洋酒らしい壜が幾つも古ぼけた銘紙を晒らして居るといふやうな家が、裏通りになる所には多く、殊に一葉君の家の近辺が左様いふ商売屋の中心であったやうだ。今喜楽館といふ活動小屋の角を曲がった所などは、その当時は抜裏と云って宜い程の狭さであったが、その辺から一葉君の家までは右側は殆ど門並さういふ家であって、人の足音さへすれば、へんに声作りをした若い女の「寄ってらっしゃいよ」といふ声が家の裡から聞えた。

一葉君の家へ行く路次の向って左側の家には御待合という招牌が出て居たが、右側即ち今神道の某会本部になって居る平家は、彼辺での一等大きいそれ屋であったやうだ。一葉君は越してから間も無く、頼まれて、その家の招牌《かんばん》に「御料理仕出し云々」と千陰流の筆を揮った。「にごりえ」の菊の井は其の家を材料に取ったものであらう、其の家に居た女で一葉君の所へ客筋へ出す手紙を書いて貰ひに来たものがあった、其の女は其の後数寄屋町の芸者になってからも、わざ〳〵一葉君の所へ文を書いて貰ひに来た。これは一葉君から直接聞いた話であるのだが、二十八年の夏頃一葉君は面白い女があるので「放れ駒」といふのを書いて見やうかと思ふと云って居た。」

一葉の家の隣にあたる銘酒屋は鈴木亭といった。お力のモデルはここの酌婦お留で、一葉が書こうとしていた「放れ駒」が「にごりえ」となったのであろうと孤蝶はいっている。

また結城朝之助のモデルは当然半井桃水であるとしているがこれは、一葉自身が語ったのではなく、日記を読んだ孤蝶の推量である。

一葉の日記の中には、他にも小林あいという銘酒屋の女のために、いろいろと力になってやったことなどがくわしく書かれている。

つまり一葉は、自分の住んでいた丸山福山町界隈の新開地を舞台に、貧にあえぐ女の運命そのものを描こうとしたのであろう。その意味ではお力は一葉その人でもあった。お力の魅かれる結城朝之助が桃水のおもかげに似通っていることも、一葉のかなしいあきらめが生んだものであるといえよう。

「にごりえ」の題名は、「たけくらべ」と同じく「伊勢集」の

にごりえのすまむことこそかたからめ
　いかでほのかに影をだに見む
すむことのかたかるべきに濁江の
　こひぢにかげもぬれぬべらなり

から取ったものと思われる。

一葉の未定稿には、その他に「親ゆずり」「ものぐるひ」などと題されている「にごりえ」の下書きが残っている。そういう題をつけるつもりだったのであろう。

銘酒街の女たち

「おい木村さん信さん寄ってお出よ、お寄りといったら寄っても宜いではないか、又素通りで二葉やへ行く気だらう、押かけて行って引ずって来るからさう思ひな、ほんとにお湯なら帰りに屹度よってお呉れよ、嘘っ吐きだから何を言ふか知れやしないと店先に立って馴染らしき突かけ下駄の男をとらへて小言をいふような物の言ひぶり、腹も立たずか言訳しながら後刻に後刻にと行過るあとを、一寸舌打しながら見送って後にも無いもんだ来る気もない癖に、本当に女房もちに成っては仕方がないねと店に向って閾《しきい》をまたぎながら一人言をいへば、高ちゃん大分御述懐だね、何もそんなに案じるにも及ぶまい焼棒杭に何とやら、又よりの戻る事もあるよ、心配しないで呪でもして待つが宜いさと慰めるやうな朋輩の口振、力ちゃんと違って私《わた》しには技倆《うで》が無いからね、一人でも逃しては残念さ、私《わた》しのやうな運の悪るい者には呪も何も利きはしない、今夜も又木戸番か、何たら事だ面白くもないと肝癪まぎれに店前へ腰をかけて駒下駄のうしろでとんとんと土間を蹴るは二十の上を七つか十か引眉毛に作り生際、白粉べったりとつけて唇は人喰ふ犬の如く、かくては紅も厭やらしき物なり」

「にごりえ」の冒頭である。銘酒屋の女たちの家を呼び込む声だけを書いてみごとにその風俗をとらえている。会話からはじまる小説としては「わかれ道」もあるが、会話そのものが風俗描写にもなっている「にごりえ」はその意味でも独得の価値をもつものである。

ともかく「にごりえ」のあらすじを追ってみることにしよう。

「にごりえ」は八章から成っている。

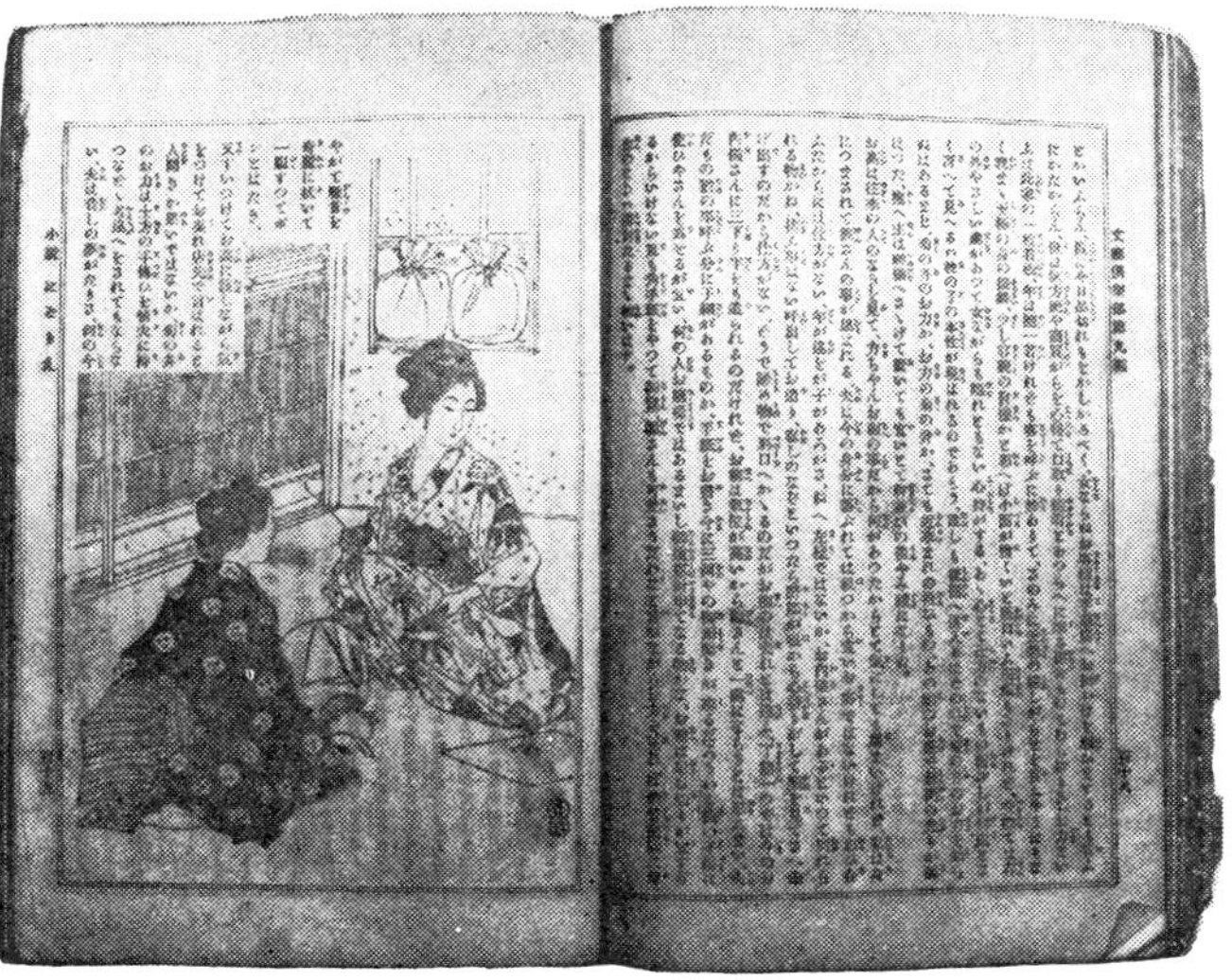

「にごりえ」の本文と挿絵

あらすじと内容

㈠　菊の井の一枚看板お力は、

「中肉の背恰好すらりっとして洗ひ髪の大島田に新わら（花柳界や下町で好んでつかわれたもので、稲の新らしいのへ熱湯をかけ、かわかして女の髪かざりにした）のさわやかさ、頸もと計の白粉も栄えなく見ゆる天然の色白をこれみよがしに乳のあたりまで胸くつろげて、烟草すぱ〳〵長煙管に立膝の無作法さも咎める人のなきこそよけれ、思ひ切ったる大形の浴衣に引かけ帯は黒繻子と何やらのまがひ物、緋の平ぐけが背の処に見えて言はずと知れし此あたりの姉さま風」で年は一番若かったが、客を呼ぶのが滅法うまく、独得の味があって、特別御愛想や嬉しがらせを言うのでもなく我ままいっぱい振舞っているので、仲間の中には、きりょう自慢であんなに生意気なのだと蔭口いうものもいたが、

「交際《つきあつ》ては存の外やさしい処があって女ながらも離れともない心持がする、あゝ心とて仕方のないもの面ざしが何処となく冴えて見えるは彼の子の本性が現はれるのであらう、誰しも新開へ這入るほどの者菊の井のお力を知らぬはあるまじ、菊の井のお力か、お力の菊の井か、さても近来まれの拾ひもの、あの娘のお蔭《こ》で新開の光りが添はつた、抱へ主は神棚へさゝげて置いても宜いとて軒並びの羨み種になりぬ。」

このお力と共に店先きで客引きをしている年増女のお高は、客あしの途絶えた折をみてこんなことをいう。

「力ちゃんお前の事だから何があったからとて気にしても居まいけれど、私は身につまされて源さんの事が思はれる、夫は今の身分に落ぶれては根っから宜いお客ではないけれども思い合ふたからには仕方がない、年が違をが子があろがさ、ねえ左様ではないか、お内儀《かみ》さんがあるといって別れられる物かね、構ふ事はない呼出してお遣り、私しのなぞといったら野郎が根つから心替りがして顔をみてさへ逃げ出すのだから仕方がない、どうで諦め物で別口へかゝるのだがお前のは夫とは違ふ、了簡一つでは今のお内儀《かみ》さんに三下り半をも遣られるのだけれど、お前は気位が高いから源さんと一つにならうとは思ふまい、夫だもの猶の事呼ぶ分に子細があるものか。（中略）お前は思ひ切りが宜すぎるからいけない兎も角手紙をやって御覧、源さんも可愛さうだわな」

花街を歩く男達をさそう会話につづいて、このお高の言葉を通して、お力には長年の馴染がいることや、その男に、妻や子があり今は落ちぶれているが、なおお力を思い切れないらしいことなどがおぼろげながら分る。それをわざと説明文とせずに、お高との会話を通して読者に分らせる描写方法をとっているのはたくみである。

お力は、とみれば、烟管掃除に夢中で、返事もせず

「やがて雁首を奇麗に拭いて一服すってポンとはたき、又すいつけてお高に渡しながら気をつけてお呉れ店先で言はれると人聞きが悪いではないか、菊の井のお力は土方の手伝ひを情夫に持つなどゝ考違ひをされてもならない、それは昔の夢がたりさ、何の今は忘れて仕舞って源とも七とも思ひ出されぬ、もう其話しは止め〳〵といひながら立あがる時表を通る兵児帯の一むれ、これ石川さん村岡さんお力の店をお忘れなされたかと呼べば、いや相変らず豪傑の声かゝり、素通りもなるまいとてずっと這入るに忽ち廊下にばたばたいふ足音、姉さんお銚子と声をかければ、お肴は何をと答ふ、三味の音景気よく聞えて乱舞の足音これよりぞ聞え初ぬ。」

私事の思いなど、客の前ではけぶりもみせず何事も客次第の女たちの有様が手にとる如くである。徹底的にリアリティを感じさせる描写も余分なものを全部はぎとった文体のせいであろう。

「一」はこうして、菊の井の女の生態をリアルに描きながら、後の事件を暗示するように源七の姿をかい間みせているところまでである。

(二)　ある雨の日、お力は店先を通る山高帽子の三十男の袂をとらえて上らせた。

「一年を問はれて名を問はれて其次は親もとの調べ、士族かといへば夫れは言はれませぬといふ、平民かと問へば何うござんせうかと答ふ、そんなら華族と笑ひながら聞くに、まあ左様おもふて居て下され、

お華族の姫様が手づからのお酌、かたじけなくお受けなされとて波々《なみく》とつぐに、さりとは無作法な置つぎといふが有る物か、夫れは小笠原か、何流ぞといふに、お力流とて菊の井一家の作法、畳に酒のまする流儀《りゅうぎ》もあれば、大平の蓋であほらする流儀もあり、いやなお人にはお酌をせぬといふが大詰めの極りでござんすとて臆したるさまもなき——」

客はこうしたお力のケタはずれな応待の仕方に興味をひかれ、いよいよ面白がって、たゞの娘上りとは思われないから、きっと凄い物語があるにちがいない。ぜひ身の上ばなしを聞かせろというのだった。お力はそうした客の好奇心を笑いにまぎらし「天下を望む大伴の黒主とは私が事」などとはぐらかす。しかし客はそんなことでは引きさがらず、尚も親身になってお力の身の上を問うのであった。それにさそわれてはじめは笑いにまぎらせていたお力は、次第次第に何がなしに内面にかくしたあわれな女のさびしさをみせてしまいそうになるのであった。

前半のお力が伝法肌の威勢のいい会話で登場するだけに、この場面で垣間みせる素顔のお力の孤独なさびしさが、おぼろげながら、読者の胸に深くしみ通るようである。

そうしたさびしさをはじめての客の親身なことばの前にさえ投げ出してしまいそうになる程、お力の孤独はすくいようのないものであろう。そんなお力を通して遊女のあわれさを一葉は如実に描いている。

ともあれ、こゝではお力という女の魅力がその底にある孤独の深淵を垣間みせつつ、いきいきと描かれている。

しかし次の瞬間、お力はするりと身をかわし「もう此様な話は廃しにして陽気にお遊びなさりまし、私は何も沈んだ事は大嫌ひ、さわいでさわいで騒ぎぬかうと思ひますとて手を叩いて朋輩を呼べば力ちゃん大分おしめやかだねと三十女の厚化粧が来るに、おい此娘の可愛い人は何といふ名だと突然に問はれて、はあ私はまだお名前を承りませんでしたといふ、嘘をいふと盆が来るに閻魔様へお参りが出来まいぞと笑へば、夫れだとって貴君今日お目にかゝったばかりでは御坐りませんか、今改めて伺ひに出やうとして居ましたといふ、夫れは何の事だ、貴君のお名をさと揚げられて、馬鹿〳〵お力が怒るぞと大景気―」スピーディーにたたみ込む様な会話のやりとりの中の、こういう女たち独特の身のかわし方の絶妙さに思わずつり込まれてしまう。それは不特定多数の男を相手の、夜ごとの世界の中で暮す女が身につけたかなしい生活の知恵であった。そしてそれがそういう女の魅力をささえる武器ともなっているのである。

客はお力の様子に何となく心を魅かれ、お力もまたほのかな好意を持つことが言外に伝わってくるところで㈡は終る。

㈢　客は結城朝之助といって道楽者と名のりながら、真の真面目さが折にふれ見えるのだった。その上独身でもあり、遊ぶには丁度よい年恰好だからか、それ以後は一週に二、三度通ってくるようになった。

お力もまた何となく懐かしく思うのか、三日見えないともう手紙をやるほどの様子に仲間の女たちは岡焼半分からかって、いい話の種にした。

「力ちゃんお楽しみであらうね、男振はよし気前はよし、今にあの方は出世をなさるに相違ない、其時はお前の事を奥様とでもいふのであらうに今っから少し気をつけて足を出したり湯呑みであほるだけは廃めにおし、人がらが悪いやねと言ふもあり、源さんが聞たら何うだらう気違ひになるかも知れないとて冷かすもあり、あゝ馬車にのって来る時都合が悪るいから道普請からして貰ひたいね、こんな溝板のがたつく様な店先へ夫こそ人がらが悪くて横づけにもされないではないか、お前方も最う少しお行義を直してお給仕に出られるやう心がけてお呉れとずばくといふに、エゝ憎くらしい其ものいひを少し直さずば奥様らしく聞へまい」

お力は相変らず酒を呑んでは、その勢いでにぎやかにお客の座をとりもつのであった。

或る月夜の晩、下座敷のにぎわいをよそに、結城とお力は二階の小座敷で、二人だけの時をもっていた。結城がまたしきりとお力の身の上を聞きたがっていたときであった。

「折から下座敷より杯盤を運びきし女の何やらお力に耳打して兎も角も下までお出よといふ、いや行きたくないからよしてお呉れ、あゝ困った人だねと眉を寄せるに、お前それでも宜いのかへ、はあ宜いのさとて膝の上で撥を弄《もてあそ》べば、女は不思議さうに立ってゆくを客は聞すまして笑いながら御遠慮には及ばない、逢って来たら宜からう、何もそんなに体裁には及ばぬではないか、可愛い人を素戻しもひどからう、追ひかけて逢ふが宜い、何なら此処へでも呼び給へ、片隅へ寄って話の邪魔はすまいから」

結城の言葉にお力は、隠してもしょうがないからとこう打明けるのだった。

「町内で少しは巾もあった蒲団やの源七といふ人、久しい馴染でござんしたけれど今は見るかげもなく貧乏して八百屋の裏の小さな家にまい〳〵つぶろの様になって居まする、女房もあり子供もあり、私がやうな者に逢ひに来る歳ではなけれど、縁があるか未だに折ふし何の彼のといって、今も下座敷へ来たのでござんせう、何も今さら突出すといふ訳ではないけれど逢っては色々面倒な事もあり、寄らず障らず帰した方が好いのでござんす、恨まれるは覚悟の前、鬼だとも蛇だとも思ふがようござります」

こうして読者の前にお力の背後にいる源七の存在が、次第に明らかにされてくるのである。

お力は「行ぬけの締りなしだ、苦労といふ事は知るまい」といわれる自分にめずらしく逆って、結城の前に素顔で対す。しんみりと「私が身位かなしいものはあるまいと思ひます」といゝながらも今夜はそれを話したくないと、

「ついと立って椽がはへ出るに、雲なき空の月かげ涼しく、見おろす町にからころと駒下駄の音さして行かふ人のかげ分明《あきらか》なり、結城さんと呼ぶに、何だとて傍へゆけば（中略）あの水菓子屋で桃を買ふ子がござんしょ、可愛らしき四つ計の、彼れが先刻の人のでござんす、あの小さな子心にもよく〳〵憎いと思ふと見えて私の事をば鬼々といひまする、まあ其様な悪者に見えまするかとて、空を見あげてホッと息をつくさま、堪へかねたる様子は五音の調子にあらわれぬ。」

お力の陽気さは生来のものではなくて、一種の自己防衛のやうなものであった。こうして、お力の背後にあるものや、結城に心ひかれながらも、すべてを打明けるまでにはいたらないお力の様子が会話を通してあざやかに浮び上る。

お力は結城の事を夢に見ない夜はないほど魅かれながら、「鬼」といわれなければならない一方の自分の姿を見つめずにはいられない。

お力の謎めいた言動もそこからくるらしい事がおぼろげに暗示されている。

㈣「同じ新開の町はづれに八百屋と髪結床が庇合のやうな細露路、雨が降る日は傘もさゝれぬ窮屈さに、足もとゝては処々に溝板の落し穴あやふげなるを中にして、両側に立てたる棟割長屋、突当りの芥溜わきに九尺二間の上り框朽ちて、雨戸はいつも不用心のたてつけ、流石に一方口にはあらで山の手の仕合は三尺許の椽の先に草ぼうぼうの空地面、それが端を少し囲って青紫蘇、えぞ菊、隠元豆の蔓などを竹のあら垣に搦ませたるがお力が所縁の源七が家なり」

いよいよ、ここで、今まで影の存在であった源七が登場する。新開の町はずれにあるこの源七の侘び住まいは、「伝記編」でもふれたように、一葉の母が乳母に上がったことのある稲葉鉱と寛夫婦の零落後の有様をヒントにしたものであるというのが定説である。明治二十五年十二月廿八日の「日記」には、この稲葉鉱の零落した生活ぶりがくわしくかかれている。

「女房はお初といひて二十八か九にもなるべし。貧にやつれたれば七つも年の多く見えて、お歯黒はまだらに生次第の眉毛みるかげもなく、洗ひざらしの鳴海の浴衣を前と後を切りかへて膝のあたりは目立ぬやうに小針のつぎ当、狭帯きりゝと締めて蟬表の内職……」

貧乏世帯をきりまわし、内職に精を出すしっかり者のお初につゞいて源七がはじめて登場する。お力を諦めきれないらしくくったくあり気な様子、それに太吉の無邪気な可愛らしさをからませて源七の家族の生活が現実感をもって目の前に浮び上る。生活のやりくりも蝉表の内職も一葉一家のそれでもあったのである。

一葉はここでお初を悪役にしなかった。源七がお力に魅かれたのはお初が悪妻であったからというふうに描かず、いわゆる良妻賢母型の女性にしている。一葉の人間観察が深くなっているからである。源七が湯から上れば、洗ひ晒したさばさばの浴衣を出して着替させ、夕食には好物の冷奴を、小丼に豆腐を浮かせ青紫蘇の香をそえて盛るといったこまごましたこころづかいをするのである。それにもかかわらず源七はまるでのどの穴がはれているかのように、食べ物の味もろくに分らず、食べる気力もなく、「もう止めにする」とはしを置いてしまうのであった。お初は、気分が悪いか、疲れたかと心配するが、源七が、何処もなんともないのに食べる気が起らないというのを聞くと、また例の病かと

「夫は菊の井の鉢肴は甘《うま》くもありましたらうけれど、今の身分で思ひ出した処が何となりまする、先は売物買物お金さへ出来たら昔のやうに可愛がっても呉れましょう、表を通って見ても知れる、白粉つけて美《い》い衣類《きもの》きて迷ふて来る人を誰れかれなしに丸めるが彼の人達が商売、あゝ我《お》れが貧乏に成ったから構いつけて呉れぬなと思へば何の事なく済ましょう、恨みにでも思ふだけがお前さんが未練でござんす。(中略)だまされたは此方の罪、考へたとて始まる事ではござんせぬ、夫よりは気を取直して稼業に精を出して少しの元手も拵へるやうに心がけて下され。」

と訴える。

お初はここでお力に対する徹底的な嫌悪と侮辱をぶちまけているが、その対し方が人間に対するものではなくなっている。人間とは認めないのである。お初にとってお力に代表される酌婦とは人間以外のものなのである。

だからお初は源七と自分との関係を、自分自身をみつめることでもう一度深く考えてみようとしないのだった。一途に自分は正しく相手が悪いと思い込んで、同じ次元で考えようとはしないのである。

お初が、人間としてお力を見、源七を見ることが出来たら、悲劇は起らなかったかも知れない。そして正しい悪いということではなく生きている人間そのものをみつめていたら、お初は自分も、源七やお力の悲劇をつくり出した一人かも知れないのだということに愕然としたに違いない。

一方源七はお初の言葉を聞き、不安そうな太吉の様子をみるにつけても、お力の思い切れないのは何の因果かと我と我身をかえりみて未練げな自分から抜け出そうとする。

「ころりと横になって胸のあたりをはたはたと打あふぐ、蚊遣の烟にむせばぬまでも思ひにもえて身の熱げなり」

あきらめようと自分にいいきかせながら、尚思い切れない源七の未練の思いが、最後の一行にあざやかにとらえられている。

お初と源七夫婦のやりとりを通し、ここに象徴されているのは、一見平凡なありふれた生活の、いわば、何でもない日常茶飯事の中にこそ、人間の悲劇の真の原因があるということではないだろうか。

お初は自分の良妻賢母ぶりが、つまり自分の正しさそのものが悲劇の原因になり得ることなど夢にも思わない。そうしたことが源七にとってどんなに圧迫であったか、お力に魅かれる源七の必然性などは考えてみようともしない。

人間の存在そのものが無意識の中にお互いを傷つけ合い、悲劇をつくり出しているのだということを一葉は自分自身の体験を通して悟ったのであろう。

一葉はそうした人間の存在に対する認識を桃水との苦しい恋を通して悟ったのに違いない。私たちはここで明治二十八年六月三日の一葉の日記を改めて深く考えてみなければならない。

「かく思ひ來たりて此人をみれば、菩薩と悪魔をうらおもてにして、こゝに誠のみほとけを拝めるやうの心地、いひしらずうれし。」

桃水故に「人世のくるしみを尽して、いくその涙をのみつる身」であった一葉は、その涙の果に恋の成就を願う心をすっぱりと捨てた。そして現実の恋をあきらめた一葉が、はじめて桃水を一個の人間として見ることが出来るようになったときに達した心境である。

人間の存在の意味を一葉が自分なりに、その時、はじめてつかむことが出来たのである。

そうした認識を通して人間の悲劇の必然性を一葉は「にごりえ」の中で描こうとした。

「にごりえ」の人物のリアリティーはこうした一葉の人間に対する眼の深まりによってつくられたのである。

㈤　ここで舞台はかわって、また菊の井にもどってくる。銘酒屋に働く女たちのさまざまを人生の憂《つ》らさをこめて描く。

女房になりたいと思いながら相手の不甲斐なさにうらみをのべるもの、大きな子供さえありながら、貧乏故に親子そろって暮すこともならず、子供にも内緒でこんな稼業に身を落し鏡の前でひそかに涙ぐむもの。それぞれに不幸を背負った女のあわれが、灯ともる前の夕ぐれ時に浮かび上る。

「菊の井のお力とても悪魔の生れ替りにはあるまじ、さる子細あればこそ此処の流れに落こんで嘘のありたけ串戯に其日を送って（中略）我ゆゑ死ぬる人のありとも御愁傷さまと脇を向くつらさ他処目にも養ひつらめ、さりとも折ふしは悲しき事恐ろしき事胸にたゝまって泣くにも人目を恥れば二階座敷の床の間に身を投ふして忍び音の憂き涙、これをば友朋輩にも洩らさじと包むに根性のしっかりした気のつよい子といふ者はあれど、障れば絶ゆる蜘の糸のはかない所を知る人はなかりき。」

ここでは、いつもとは打ってかわってお力という女の「障れば絶ゆる蜘の糸」程のはかないもろさが描かれる。

盆の十六日の夜、賑やかな客たちの相手をしていたお力は「我恋は細谷川の丸木橋わたるにや怖し渡らねば」と謳いかけふいに座を立て外に出てしまう。お力は何がなしに心が迫り「行かれる物なら此ままに唐天竺の果までも行って仕舞たい、あゝ嫌だ嫌だ嫌だ、何うしたなら人の声も聞えない物の音もしない、静かな、静かな、自分の心も何もぼうっとして物思ひのない処へ行かれるであろう」と道端の木に夢中で寄りかかり物思いにふける。

そのあげく「何うで幾代もの恨みを背負て出た私なれば為る丈の事はしなければ死んでも死なれぬのであらう」とあきらめて、

「もう〳〵帰りませうとて横町の闇をば出はなれて夜店の並ぶにぎやかなる小路を気まぎらしにぶら〳〵と歩けば、行かよふ人の顔小さく〳〵摺れ違ふ人の顔さへも遥《はるか》とほくに見るやう思はれて、我が踏む土のみ一丈も上にあがり居る如く、がや〳〵といふ声は聞ゆれど井の底に物を落したる如き響きに聞なされて、人の声は、人の声、我が考へは考へと別々に成りて、更に何事にも気のまぎれる物なく、人立おびたゞしき夫婦あらそひの軒先などを過ぐるとも、唯我れのみは広野の原の冬枯れを行くやうに、心に留まる物もなく、気にかゝる景色にも覚えぬは、我れながら酷く逆上て人心のないのにと覚束《おぼつか》なく、気が狂ひはせぬかと立どまる途端、お力何処へ行く」と肩を打つ人があった。

㈥　それは、結城朝之助であった。結城と共に菊の井に帰ったお力は、中坐した客の酒席にはもどらずに二階に彼を連れあげ、小女に酒の支度をさせてこういうのだった。

「結城さん今夜は私に少し面白くない事があって気が変って居ますほどに其気で附合って下され、御酒を思ひ切って呑みまするから止めて下さるな、酔ふたらば介抱して下され」

結城が、はじめてみるそんなお力の様子を不審に思ってたずねると、酔ったら貴君に聞いて頂きたいことをみんな話しますからといゝながらまた大湯呑を取よせて、二三杯は息もつかない程のいきおいであおるのだった。

「常には左のみ心も留まらざりし結城の風采の今宵は何となく尋常ならず思はれて、肩巾のありて背のいかにも高き処より、落ついて物をいふ重やかなる口振り、目つきの凄くて人を射るやうなるも威厳の備はれるかと嬉しく、濃き髪の毛を短かく刈あげて衿足のくっきりとせしなど今更のやうに眺られ、何をうっとりしてゐると問はれて、貴君のお顔を見て居ますのさ」

お力が身の上の告白を前にして、ふっと目の前の結城の姿に見とれてしまうのは、彼女が、彼に対してすでに客の相手をする女という限界を越えて、いつの間にかそんな制約を捨てた一人の女になっているからであろう。

客にえらばれる、客次第の女からはみだして自分の目が一人の男を見ることによって、お力は人間を回復するのである。お力は自分では気づかずに結城の前に、いつの間にか疎外された人間性を取りもどし、一人の女になっているのである。

お力は「そも〳〵の最初から私は貴君が好きで好きで、一日お目にかゝらねば恋しいほど」と打明けながら、それでも奥様にと言って下さったらどうであろう。「持たれるは嫌なり他処ながら慕はしゝ、一口に言はれたら浮気者でござんせう」といゝ、これも「三代伝っての出来そこね」のためだという。

「親父《おやぢ》は職人、祖父《ぢゝい》は四角な字をば読んだ人でござんす、つまりは私のやうな気違ひで、世に益のない反古紙《ほごがみ》をこしらへしに、版をばお上から止められたとやら、ゆるされぬとかに断食《だんじき》して死んださうに御座んす、十六の年から思ふ事があって、生れも賤《いや》しい身であったれど一念に修業して六十にあまるまで仕出《しで》来《か》したる事なく、終は人の物笑ひに今では名を知る人もなしとて父が常住歎《なげ》いたを子供の頃より聞知って居りました。私の父といふは三つの歳に椽から落て片足あやしき風になりたれば人中に立まじるも嫌やとて居職《いしよく》に飾の金物をこしらへましたれど、気位たかくして人愛のなければ贔負《ひいき》にしてくれる人もなく、あゝ私が覚えて七つの年の冬でござんした、寒中親子三人ながら古浴衣で、父は寒いも知らぬか柱に寄って細工物に工夫をこらすに、母は欠けた一つ竈《べつつい》に破《わ》れ鍋《なべ》かけて私に去る物を買ひに行けといふ、味噌こし下げて端たのお錢《あし》を手に握って米屋の門までは嬉しく駆けつけたれど、帰りには寒さの身にしみて手も足も亀《かじ》かみたれば五六軒隔てし溝板《どぶいた》の上の氷にすべり、足溜りなく転《こ》ける機会《はずみ》に手の物を取落して、一枚はづれし溝板のひまよりざら〳〵と翻《こぼ》れ入《い》れば、下は行水きたなき溝泥なり、幾度も覗いては見たれど是れをば何として拾はれませう、其時私は七つであったれど家の内の様子、父母の心をも知れてあるにお米は途中で落しましたと空《から》の味噌こしさげて家には帰られず、立てしばらく泣いて居たれど何うしたと問ふて呉れる人もなく、聞いたからとて買てやらうと言ふ人は猶更なし、あの時近所《きんじよ》に川なり池なりあらうなら私は定《きだめ》し身を投げて仕舞ひましたろ、話しは誠の百分一、私は其頃から気が狂ったのでござんす、皈《かへ》りの遅きを母の親案じて尋ねに來てくれたをば時機《しほ》に家へは戻ったれど、母も物いはず父親も無言に、誰一人私をば叱る者もなく、家の内森として折々溜息の声のもれるに私は身を切られるより情なく、今日は一日断食にせうと父の一言いひ出すまでは忍んで息をつくやうで御座んした。」

三代続く不遇の一生にお力は溢れる涙を止めも得ず、ハンケチをくいしめながら悲しみをこらえるのだった。「私は其様な貧乏人の娘、気違ひは親ゆづりで折ふし起るのでございます」と云うのだった。「名人だとて上手だとて私等が家のやうに生れついたは何にもなる事は出来ないので御座んせう、我身の上にも知れまする」といって物思わしげなお力に、結城は、突然「お前は出世を望むな」というのであった。本心を見抜かれ驚いたお力はしかし、改めて自分の身の困果を思うのか打しおれて物もいわなくなる。お力は、暗い宿命観と貧しさの為に人生の下積みになっていく運命を自分の身にも予感しているのである。それにもかゝわらず、時たまその宿命をのがれて出世を夢みずにはいられない自分をどうすることもできないのだった。お力の望む出世とは、立派な男の妻となることであった。朝之助の妻になりたいと本心ではひそかに思いながら、それをお力の暗い宿命観がはばんでいるのである。

そのお力の諦観が、逆説的な表現をとってかなしい女の意地となっている。

こうしたお力の心は作者の一葉の心にほとんど密接についているのである。四角な字を読んだというお力の祖父は、一葉の祖父八左ェ門の面影を伝え、名人気質の飾職人の父は、兄虎之助の生き方に似通っている。そしてその背後に常に貧しさがつきまとう。一葉は、貧しさ故に浮び上れない自分自身の思いを、宿命観と結びつけてお力の心情にたくしたのである。

お力はその夜、結城をどうしても帰さずに泊めてしまうのであった。

㈦　舞台は一転して源七の侘住居である。

相変らず仕事もせずにお力への未練に悶々としている源七は、無理にもやけ酒をのもうとお初にいいつけたことから言い争いになり、お初は日頃胸にたまった源七へのうらみをぶちまける。

仰向きに寝ころんで返事もしない源七に、お初は情なさとくやしさに口もきけない程、夫婦は険悪な状態で向き合っていると、太吉が、いそいそと帰ってきた。そしてお菓子の包みをうれしそうに見せ、菊の井の鬼姉さんから貰ってきたといゝ、食べては悪いかとお初の顔をさしのぞく。

お初は源七とのいさかいの後でもあって顔色をかへて怒り、あげくの果に、その菓子を外に投げ捨てゝしまうのだった。

お初のしわざに、それまでだまっていた源七はむくりと起き上り、大きな声で名を呼び捨てると、

「お力が鬼なら手前は魔王（中略）気に入らぬ奴を家には置かぬ、何処へなりとも出てゆけ」夫婦は太吉の菓子をめぐって日頃のうっぷんを一挙に爆発させるのだった。お初はこらえにこらえていたお力への憎しみを菓子を溝に捨てることで思い切り投げつけたのである。

源七も又、つもりつもったお初への不満を、それに刺激されて発散することになるのであった。夫婦は売り言葉に買い言葉で次第に抜きさしならない状態にお互いを追い込んでいく。源七は自分のふがいなさをどうしようもなくもてあましていながら、お初に向って

「明けても暮れても我れが棚おろしかお力への妬み、つくづく聞き飽きてもう厭やになった、貴様が出ずば何ら道同じ事をしくもない九尺二間、我《お》れが小僧を連れて出やう（中略）さあ貴様が行くか、おれが

出ようか」
と怒鳴らずにはいられなくなってしまう。
お初は離縁と聞いて一度は手をついて謝まりはするが、源七の態度に我慢しきれなくなり、ついに太吉を連れて家を出る。

「もうお別れ申ますと風呂敷さげて表へ出れば早くゆけ〱とて呼がへしては呉れざりし。」

あてどないお初の姿に人妻の哀れがにじむのである。

(八)　「魂祭り過ぎて幾日、まだ盆提燈のかげ薄淋しき頃、新開の町を出し棺二つあり、一つは駕にて一つはさし担ぎにて駕は菊の井の隠居処よりしのびやかに出ぬ。」

二つの棺とは、お力と源七の死体であった。

「大路に見る人のひそめくを聞けば、彼の子もとんだ運のわるい詰らぬ奴に見込れて可愛さうな事をしたといへば、イヤあれは得心づくだと言ひまする、あの日の夕暮、お寺の山で二人立ばなしをして居たといふ確かな証人もござります、女も逆上《のぼせ》て居た男の事なれば義理にせまって遣ったので御座ろといふもあり、何のあの阿魔が義理はりを知らうぞ湯屋の帰りに男に逢ふたれば、流石に振はなして逃る事もならず、一処に歩いて話はしても居たらうなれど、切られたは後袈裟《うしろげさ》、頬先《ほうさき》のかすり疵《きず》、頸筋《くびすぢ》の突疵《つききず》など色々あれども、たしかに逃げる処を遣られたに相違ない、引かへて男は美事な切腹、蒲団やの時代から左のみの男と思はなんだがあれこそは死花《しにばな》、ゑらさうに見えたといふ、何にしろ菊の井は大損であらう、彼の子には結構な旦那がついた筈、取にがしては残念であらうと人の愁ひを串談に思ふものあり、諸説みだれて取止めたる事なけれど、恨は長し人魂か何かしらず筋を引く光り物のお寺の山といふ小高き処より、折ふし飛べるを見し者ありと伝へぬ。」

源七はついに、お力を殺すことで自分の未練を清算したのである。お力故に家庭を失い、妻や子に去られた源七には、今さら自分自身の生きる意味を見い出すことができなかったのであろう。

お力はどうか。お力は本質的には決して遊女になることのできない女であった。それどころか、人間としてかけがえのないあるものをもっていたのである。彼女は人間が人間として生きることの本当の意味を求めていた。それがどういうことかを問いかけながら自分自身の内面をみつめずにはいられなかったのである。それ故にお力は苦しみつづけたのであった。お力には自ら犯している人間としての罪を見過すことができなかった。常にそれと向きあってみつめずにはいられなかった。生きること自身のためにそれを肯定することが出来なかった。そこにお力の悲劇がある。私はこんな女といいながら、お力は決して、自分自身の人間性を放棄することが出来ない。人間としての意味を考えずにはいられない。泥沼の底から何とかして、一すじの人間復興のかすかな光りを求めていたのであった。

源七に切りつけられたとき、お力は、自分の不幸な宿命を思い、その罪を思って、死を決意し、はじめてそれから解放されたのではないだろうか。生きている限り罪を意識せずにはいられないお力は朝之助を愛しながら死んでゆく自分にかなしいあきらめを感じつつ、ある種の安らぎをも感じたに違いない。

お力のあきらめ故に、現実はなお暗く救いようがない世界となる。

「にごりえ」は一葉の認識した最も深刻な現実を描いたものである。一葉の目は、その暗い現実をみつめながら、その女の運命そのものに深い同情を寄せている。「にごりえ」に描かれている現実は、いかに救いのないものであるとしてもそれがそのまま生きて、動いている女達の現実であったのだから、作品をして、みごとなリアリティをもったのである。この意味でこの作品の価値を最も高く評価したのが田岡嶺雲である。

(「生涯編」参照)

十三夜

『十三夜』は、「文芸倶楽部」第一巻第十二編(明治二十八年十二月十日発行)に掲載された。「閨秀小説号」と銘うったこの「文芸倶楽部」には、三宅花圃、小金井喜美子、若松賤子、北田薄氷、大塚楠緒子、田沢稲舟などの女流作家達がずらりと名を連ねた。一葉は、これに『十三夜』と共に、以前「文学界」に載せた『やみ夜』を同時に載せている。

九月十三日の夜の月を背景に、人妻お関のなげきとかなしみを描くこの『十三夜』は、一葉作品中、最も抒情性に富むものとして、名作の一つにあげられている。事件や葛藤を描いたのではなく、後の月といわれる十三夜の季感を人妻お関の上にみごとにとらえ、散文詩のような趣を呈している。そのリリカルな味わいは、一葉独特のものである。

明治の人妻

ある月の夜、人妻のお関は、離婚を決意して上野新坂下の実家斎藤主計の家に突然あらわれた。お関は十七の時、懇望されて官員原田勇の妻になり、太郎という子供が一人いる。実家の弟、亥之助は、その原田のおかげで役所へつとめることができるようになり、夜学に通って勉強に励み、両親は彼の出世に望みをかけている。

お関が突然あらわれた夜は、丁度後の月といわれる十三夜で、貧しいながらお月見のそなえをして、月の光を賞でているところであった。

急な訪問に両親は驚きながら

「今夜来てくれるとは夢の様な、ほんに心が届いたのであらう、自宅で甘《うま》い物はいくらも喰べやうけれど親のこしらいたは又別物、奥様気を取すてゝ今夜は昔のお関になって外見を構はず豆なり栗なり気に入ったを喰べて見せておくれ」

と喜ぶのであった。

何もしらずに喜ぶ両親の顔を見るとお関はついつい自分の決心を言い出しそびれ、迷ふのだった。

そんなお関をながめて父親は、不審に思ったやうで

『こりゃもう程なく十時になるが関は泊っていって宜いのかの、帰るならば最う帰らねば成るまいぞ』と気を引いてみると、ついにお関はたまりかね、畳に手を突き、

「お父様《とつさん》私はお願ひがあって出たので御座ります、何うぞ御聞遊ばして」

といいながら、はじめてこらえていた涙を、一しずく、

「私は今宵限り原田へ帰らぬ決心で出て参ったので御座《ござ》ります。勇が許しで参ったのではなく、彼の子を寝かして、太郎を寝かしつけて、最早あの顔を見ぬ決心で出て参りました。（中略）千度も百度も考へ直して、二年も三年も泣尽して今日といふ今日どうでも離縁の状を貰ふて頂かうと決心の臍をかためました、何うぞお願ひで御座ります。」

驚く両親に向って、お関は自分たち夫婦の不和を語るのだった。

夫の突慳貧な態度、明け暮れの小言の様々、侮蔑の数々、

「嫁入って丁度半年ばかりの間は関や関やと下へも置かぬやうにして下さったけれどあの子が出来てからと言ふ物は丸で御人が変りまして、思ひ出しても恐ろしう御座ります。私はくら闇の谷へ突落されたやうに暖かい日の影といふを見た事が御座りませぬ」

というほどのみじめな境遇も、今日まではたゞ太郎故に辛抱してきたのだが、それももう限界にきたことを訴えるのだった。

母親は、お関の言葉のことごとく、身にしみて口惜しく思い、頼んで嫁に貰ってもらったわけではないも

のをと

「言ふだけの事は屹度言ふて、それが悪るいと小言をいふたら何の私にも家が有ますとて出て來るが宜からうでは無いか、実《ほん》に馬鹿々々しいとっては夫《そ》れほどの事を今日まで黙って居るといふ事が有りますものか、余り御前が温順し過るから我儘がつのられたのであろ、聞いた計でも腹が立つ、もう／＼退けて居るには及びません、身分が何であらうが父もある母もある、年はゆかねど亥之助といふ弟もあればその様な火の中にじっとして居るには及ばぬこと、なあ父様一遍勇さんに逢ふて十分油を取ったら宜う御座りましょ」

と、前後の見境なく激昂してしまう。

一方父親は、母の興奮した口ぶり、お関への同情にもじっと耐え、お関をさとす。

「身分が釣合はねば思ふ事も自然違ふて、此方は真から尽す気でも取りやうに寄っては面白くなく見える事もあらう（中略）得て世間に褒め物の敏腕《はたらきて》家などと言はれるは極めて恐ろしい我まゝ者、外では知らぬ顔に切って廻せど勤め向きの不平などまで家内へ帰って当りちらされる、的に成っては随分つらい事もあらう、なれども彼れほどの良人を持つ身のつとめ、区役所がよひの腰弁当が釜の下を焚きつけて呉るのとは格が違ふ、随ってやかましくもあろうむづかしくもあろう、夫を機嫌の好い様にとゝのへて行くが妻の役、表面《うわべ》には見えねど世間の奥様といふ人達の何れも面白くをかしき中ばかりは有るまじ、身一つと思へば恨みも出る、何の是れが世の勤めなり、殊には是れほど身がらの相違もある事なれば人一倍の苦もある道理、お袋などが口広い事は言へど亥之が昨今の月給に有ついたのも必竟は原田さんの口入れではなからうか、七光どころか十光もして間接《よそ》ながらの恩を着ぬと言はれぬに愁らからうとも一つは親の為弟の為、太郎といふ子もあるものを今日までの辛棒がなるほどならば、是れから後とて出来ぬ事はあるまじ、離縁を取って出たが宜いか、太郎は原田のもの、其方は斎藤の娘、一度縁が切れては二度と顔見にゆく事もなるまじ、同じ不運に泣くほどならば原田の妻で大泣きに泣け、なあ関さうでは無いか、合点がいったら何事も胸に納めて知らぬ顔に今夜は帰って、今まで通りつゝしんで世を送って呉れ、お前が口に出さんとても親も察しる弟も察しる、涙は各自《てんで》に分て泣かうぞ」

と、目に涙をふくんで因果を含める父親、

「成程太郎に別れて顔も見られぬ様にならば此世に居たとて甲斐もないものを、唯目の前の苦をのがれたとて何うなる物で御座んせう、ほんに私さへ死んだ気にならば三方四方波風たゝず、兎もあれ彼の子も両親の手で育てられまするに（中略）今宵限り関はなくなって魂一つが彼の子の身を守るのと思ひますれば良人のつらく当る位百年も辛棒出来さうな事、よく御言葉も合点が行きました。」

と泣きくずれるお関、母も娘の哀れさに共に涙にくれるのだった。十三夜の月は、そんな親娘の姿をくっきりと照らし出す。

あきらめたお関は、

「私の身体は今夜をはじめに勇のものだと思ひまして、彼の人の思ふまゝに何となりして貰ひましよ」

と言い残して実家を出るところで「上」は終っている。

こうした奴隷的忍従に堪えてその苦い涙を飲みこんでいた人妻は、明治二十年代の一葉の時代には、一般的な現実であった。

子供のために犠牲となる決意で、帰ってゆくお関には、かなしいあきらめがあるばかりで、現実を解決する何の力にもなっていない。一葉は生きることが忍従し、隷属することに等しいこうした人妻の現実を、そのかなしみを、かなしみとしてうたおうとしたのである。

しかし一度その生活から抜け出そうと願ったお関は、現実の中に埋没して、宿命とあきらめきっている女達の持たない新しい悲劇を持つことになるのである。自我の挫折によって、現実のいたましさは増し、悲劇は二重構造をもつことになるからである。

淡い恋の再会

通りがかりの人力車を拾って乗ったお関はたえだえの虫の音に物がなしさをさそわれつゝ、さやかな月の光の中を上野の森までゆられてきた。

と、急に、どうしたのか、その人力車夫はぴったりと轅《かぢ》を止め、

「誠に申かねましたが私はこれで御免を願ひます。代は入りませぬからお下りなすって」

と突然にいう。

思いがけない車夫の言葉に、お関は胸をどきりとさせ、こんな所でおろされては困るからと頼むが、増し

が欲しくてこんなことをいうのではない、最う引くのが厭やになったのだからと車夫は言い張る、途方にくれたお関の、押問答の末に、せめて広小路まで行ってお呉れとの頼みに、それではと車夫は気を取直して提燈を持かえた。

お関もほっと胸をなで安心して車夫の顔をながめると、二十五六の色の浅黒い痩《や》せぎす、

「あ、月に背けたあの顔が誰れやらであった、誰れやらに似ていると人の名も咽元まで転がりながら、もしやお前さんはと我知らず声をかけるに、え、と驚いて振あふぐ男、あれお前さんは彼のお方ではないか、私をよもやお忘れはなさるまいと車より滑《すべ》るやうに下りてつくぐ〵と打まもれば、貴嬢は斎藤の阿関さん……」

男は、お関の幼馴染、高坂の録之助であった。小川町の高坂というう小綺麗な煙草屋の一人息子であった。お關は彼との淡い交際の中にも「行々は彼の店の彼処に座って新聞見ながら商ひするの」と乙女心に彼との結婚を夢みていたが、思いがけない原田との縁談に親の意見に反対することもできずあきらめて嫁ぐ時まで「涙がこぼれて忘れかねた」人であった。

お関の結婚の噂がささやかれ初めた頃から

「やけ遊びの底ぬけ騒ぎ、高坂の息子は丸で人間が変ったやうな、魔でもさしたか、祟りでもあるか、よもや只事では無い」

といわれたその人の変りはてた姿であった。今は家もなく、浅草町の村田という安宿の二階に転がって、

気の向いた時は夜遅くまで車を挽《ひ》き、厭やと思へば日がな一日ごろごろと烟《けぶり》のように暮している有様、妻子が出来ても一向放蕩がやまず、家も稼業もそっちのけのあげくの果の身の上で、女房は子をつけ実家に帰して音信不通、その女の子も昨年の暮チプスに懸って死んでしまったという。

「男はうす淋しき顔に笑みを浮べて貴嬢といふ事も知りませぬので、飛んだ我まゝの不調法、さ、お乗りなされ、お供しまする、嘸不意でお驚きなさりましたらう、車を挽くと言ふも名ばかり、何が楽しみに轅棒をにぎって、何が望みに牛馬の真似をする、銭が貰へたら嬉しいか、酒が呑まれたら愉快なか、考へれば何も彼も悉皆《しっかい》厭やで、お客様を乗せやうが空車の時だらうが嫌やとなると用捨なく嫌やに成ますする、呆れはてる我まゝ男、愛想が尽きるでは有りませぬか、さ、お乗りなされ、お供をしますと進められて、あれ知らぬ中は仕方もなし、知って其車《それ》に乗れますものか、夫れでも此様な淋しい処を一人ゆくは心細いほどに、広小路へ出るまで唯道づれに成って下され、話しながら行きませうとてお関は小褄を少し引あげて、ぬり下駄のおと是れも淋しげなり。」

お関は録之助を前にして、

「私が思ふほどは此人も思ふて、夫れ故の身の破滅かも知れぬ物を、我が此様な丸髷などに、取済したる様な姿をいかばかり面にくゝ思はれるであらう、夢さらさうした楽しらしい身ではなけれども」と我身を恥らい、録之助の心を思いわずらうのであった。

広小路に出たお関と録之助は、所詮この世では別れ別れの道をゆかなければならない運命だった。

映画「十三夜」より

「お別れ申すが惜しいと言っても是れが夢ならば仕方のない事、さ、お出なされ、私も帰ります、更けては路が淋しう御座りますぞとて空車引いてうしろ向く、其人は東へ、此人は南へ、大路の柳月のかげに靡《なび》いて力なささうの塗り下駄のおと、村田の二階も原田の奥も憂きはお互ひの世におもふ事多し。」

お互いの胸に悲しみを秘めて別れ別れに帰ってゆく二人、秋の夜の月は冷たい美しさを含んで二人の影を静かに照らす。

「十三夜」の世界

一葉はここで、人妻の現実をリアルに描こうとしているのではない。「十三夜」にこめられているのは、人生の悲しみを詩に変えてうたおうとする詠嘆的な態度である。

散文を詩の領域にぎりぎりのところまで近づけたのが「十三夜」なのである。

読後に残る感動は「死んだ気になって」良人の許にもどるお関の現実の運命の残酷さを予感させながら、それを正面から描かず、十三夜の月に重なり合せて暗示させるにとどめたところに生まれた余韻なのである。

しかし「十三夜」の生命ともいうべきその詩情は、裏返せば、この作品が近代ではないことを示すものであろう。リアリズムに徹しないで詠嘆に流したところに生れたのが「十三夜」の抒情であったのだから。

「うらむらさき」

一葉は、女のあわれを描いた作家だといわれている。だが一葉はそれを単なる宿命観としてだけみていたのだろうか。私にはそうは思えない。一葉の主人公の背後にあるものをよくみると、お峰も、美登利も、お力も、お関も必ず貧しさがついてまわっている。美登利は、貧しくはないが、今の環境にいるのは貧しかった為であろう。お力もお関もそうである。貧しい女が一人で生きようとする時、女の運命がどんなに残酷なものであったかが、一葉の作品の女達を通してひしひしと胸にせまってくる。

一葉は貧しさが生む人間の社会悪を意外に鋭く衝いているのである。彼女自身が、資産もなくバックもない世の中に、たった一人で必死に生活と戦っていたからであろう。

貧しさの中で生きようとするには、色を売るか、屈辱的な忍従に堪えて人妻でいきるかしか方法のなかった明治の女たち、辛じて一人で生きていた「わかれ道」のお京にさえ、一葉は、「夫れでも吉ちゃん私は洗ひ張りに倦きが来て、最うお妾でも何でも宜い、何うで此様な詰らないづくめだから、寧その腐れ縮緬着物で世を過ぐさうと思ふのさ。」といわせるのである。

一葉はここで、あきらめに泣いている女たちから一歩前進させ、割り切って妾奉公に飛び込もうとするお京を描いた。これは一葉が、久佐賀義孝とわたり合って金を引き出そうとした事件（生涯編参照）と重要な関係をもつのである。こうした事件を通して、生への見方の深くなった一葉が、お京を描いて自我をもつ積極的な女の生き方をとらえようとしたのである。しかし、お京の生き方は、自分の意志という点では積極的な意味をもっても、所詮は、男の奴隷となることであるにすぎない。女のあわれが今まで以上に救いのない形でとらえられるのである。

こうして女のなげきやかなしみが、人間としてのそれにまで深められなかったのが一葉であるといわれてきた。だが、一葉は『うらむらさき』を書いてそれをつき抜けようとしていたのではないだろうか。

『うらむらさき』（上）は、明治二十九年二月の「新文壇」に掲載されたが、（下）は断片を残したまま、一葉の他界の為に未完となった作品である。未完ではあるが、一葉の最後の小説として、積極的なある意味をもつと思われるのである。美登利も、お力も、お關も、お京もそれぞれ女の哀しみを背負って生きているが、この作の主人公お律だけはそうではないのである。ここにいるお律は家庭というわくの中にとじこめられてはいないし、良人の支配下にもいない。お律にはお律の世界が歴然とあり、そのとらわれない自我は現代においてみても充分通用する新しさである。お律の自由な自我は、当時の人妻の美徳に対する疑問であり、それへの挑戦ともいえるのである。お律の良人はここでは善良なお人好しのただの男として描かれている。男というものを多かれ少なかれ特別なイリュージョンをもって描いている今までの一葉の作品の主人公とは違っていて、その意味でも注目されるのである。

「うらむらさき」のあらすじ

良人を裏ぎる女

西洋小間物店の主人、小松原東二郎の妻お律は、ある日の夕暮、店先に投げ込まれた女文字の手紙を受け取ると、炬燵の間の洋燈のかげで、すばやく読み、くるくると帯の間に巻き納めたがその後は、それに気をとられて、起居振舞も何となく落つかない様子であった。それを見た良人の東二郎は

『どうかしたのか』

とたずねるが、お律は

『いいえ、特別たいした事でもないんですけれど、仲町の姉が何やら心配事が有るらしく、夜分にでもちょっと来て呉れないかというのです。姉の方から来れば宜いんですけど、良人がうるさくて出られないので、一人で誰にも言へずに胸痛めているらしいのです。困った性分でございます。」

といい、わざととってつけたような高笑にまぎらすと

「そりゃ、気の毒だ、お前にすればたった一人の身内、何事も聞いてやらねばならないものを笑い事ではすむまいが。何の相談か行って様子を見てくるといゝ、待っていると一時が十年のようにも思われる、私の故《せい》で遅くなったといわれない中に、早く行って遣れ」

と心配気に太い眉をよせていう良人

「可愛き妻が姉の事なれば、優しき兎しの願はずして出るに、飛立つほど嬉しいを此方は態と色にも見せず。では行きませうかと不肖〳〵に簞笥へ手を懸れば、不実な事を言はずと早く行って遣れ先方は何ほど待って居るか知れはせぬぞ、と知らぬ事なれば仏性の旦那どの急き立るに、心の鬼や自づと面ぼてりして、胸には動悸の波たかかり」

お律の受け取った手紙は、姉からとは真赤の嘘で、実は結婚前からの恋人吉岡からのさそいの手紙なのだった。

お律は小僧や女中にこまごまと留守の間の指図をして、車を呼べばあれこれと心を使う良人の声を背中に聞いて、家を出た途端、大空を見上げて、ほっと息を吐く。

外に出たお律は、良人の善良さに、我身の罪が返りみられて、優しい心ざしが生憎纏わりつくような思いに、路傍に立すくんだまゝ

「行くまいか行くまいか、寧そ思ひ切って行くまいか」

と思い惑う。

お律は気持の迷いに思い切って帰ろうとするが、折からの夜風の冷たさにふっと自分を取戻し

「ゑゝ私は其のやうな心弱い事に引かれて成らうか。最初あの家に嫁入する時から、東二郎どのを良人と定めて行ったのでは無い物を、形は行っても心は決して遣るまいと決めて置いたを今更に成って何の義理はり。悪人でも、いたづらでも構ひは無い。お気に入らずばお捨てなされ。捨てられゝば結句本望。彼のやうな愚物様を良人に奉って吉岡さんを袖にするやうな考へを、何故しばらくでも持ったのであらう。私の命が有る限り、逢ひ通しましよ切れますまい。良人を持たうが奥様お出來なさらうと此約束は破るまいと言ふて置いたを誰れが何のやうに優しからうと、有難い事を言ふて呉れようと、私の良人は吉岡さんの外には無い物を、最う何事も思ひますまい、思ひますまいとて頭巾の上から耳を押へて急ぎ足に五六歩かけ出せば、胸の動悸のいつしか絶えて、心静かに気の冴えて色なき唇には冷やかなる笑みさへ浮びぬ。」

以上が発表された「上」である。

「下」として残されている断片には、お律が吉岡との約束の場所を訪ねるシーンが描かれている。

「馴れし水口そっと明けて、入るより早くお律は手早く輪かけがねにしまりをし、頭巾ぬぎすて障子を明くれば、男は机のわきにひじ枕して隙もる風の寒さも知らず夢はかれ野やかけ廻る額の汗の苦るしげに伏しぬ。もしとも呼ばず、お律はさし寄りて、寝顔つくづくと打ながむるに薄桃色の頬のあたり、思ひなしか肉やや落ちて、刻みつけしやうの眉の皺、きっと結びし口先より今溜息の聞ゆるかと悲しく、定めし定めしお待なされておぢれなされて、最う出て来ない物に極めて、勝手にしろとお机を一うち、其まゝ横

にお成りなされましたろ、御堪忍なされましと涙せきあへず、はら〳〵とこぼれて打ふしなげば、ぬれば色の丸髷冷やかに男のまくり手の上にひぢにふれて、驚きさめたる顔もち猶夢のやうに、いつの間に君はと起かへりて膝に手を置ぬ」

一葉はここで男にだけ解放されている愛や性を女の為に解放しようとしたのではなかったか。自我に目覚めた一人の女を通じて新しい妻の倫理を追求し、自由な女の愛を描こうとしたのであろう。残されたものだけからみても、一葉がここで何かに向って飛躍しようとしていたことは明らかである。お律の自由な愛がどういう発展をみたか、かえすがえすも未完に終ったのが残念である。

「一葉」の世界

最後に一葉を文学史的にとらえ、位置づけてみたいと思うが、それには、勝本清一郎氏の説が最も適切であろうと思われる。氏は、一葉文学の位置を、紅葉、露伴を中心とする元禄復興文学と「文学界」に據る若い浪漫主義との中間におき、

「我々は一葉を引き上げた力、一葉の積極面が「学学界」の側にあったことを認めればよいのである。ちょっと右へ寄っても、ちょっと左へ寄っても成りたたない地点へヒットの白線が延びたようなものが、

一葉の位置であった。このことは時期的にもやはりそうで、もうちょっと早くても遅くても一葉の史的位置がない。早ければ紅露文学の限界から脱することが出來なかったろうし、遅ければ藤村の「若菜集」、晶子の「みだれ髪」の前に古風な時代遅れとなったろう。」

といい、

「一葉の文学は第十九世紀的性格の日本文学の最後のものであった。かくて一葉の文学は、短命がその作者の生涯の運命であったように、文学史上のごく短い時期をしか占め得ないのがもともとの運命であった。（中略）一葉文学の孤立性、彗星性、別格性、天才性とは結局、文学史的には中間性として理解されるべきなのである。」

と結論するのである。

勝本氏によって「中間性」としてとらえられた一葉文学の本質は、長い間旧い日本の最後の女という風にみられてきた。しかし歴史の流れは一葉の文学にも次第に現代の照明をあて、新しい時代に向って陣痛した最初の女であったという風にとらえられつつある。

一葉は食べるために懸命に書いて生きた。それがいつの間にか最初の職業作家としての位置をもつことになった。

小説が人生のすぐ隣りにあり、人間の真実に迫ることが作家の仕事だということをはじめて身をもって教えてくれたのが一葉なのである。我々はその意味をもう一度深く考えなければならない。

年譜

一八七二年（明治五年）三月二十五日、東京府第二大区小一区（現・千代田区）内幸町一丁目一番屋敷の東京府構内官舎（現・日本勧業銀行所在地）で生れた。父則義・母滝の次女として生まれ、奈津と名づけられた。長女ふじ十六歳、長兄泉太郎九歳、次兄虎之助七歳であった。八月九日、第五大区小四区（現・台東区）下谷練塀町四十三番地、桜井重兵衛方に転居した。

*島崎藤村生れる。学制発布、義務教育制の実施、東京日日新聞発刊、佐佐木信綱生れる。郵便報知発刊、東京書籍館（帝国図書館）設立。「学問ノスヽメ」福沢諭吉。

一八七三年（明治六年）二歳　父則義は東京府権中属と教部省権大講義とを兼任する。

*平田禿木、与謝野寛、泉鏡花生れる。

一八七四年（明治七年）三歳　二月二十一日・第二大区小六区（現・港区）麻市三河台町五番屋舗に移った。六月、妹くにが生れた。九月、則義は東京府中属になった。十月、姉ふじは、士族和仁元利の長男である医者の元亀と結婚した。

*明六雑誌発刊。読売新聞発刊。

一八七五年（明治八年）四歳　七月、ふじは和仁元亀と離婚した。九月、則義は教部省権大講義の兼任を解かれた。

*国民がかならず苗字をつけることになった。東京府下に女子師範学校（後の女高師）を設立。

一八七六年（明治九年）五歳　四月四日、第四大区小七区（現・文京区）本郷六丁目五番地屋敷に移った。十二月、則義は東京府中属を退いた。

一八七七年（明治十年）六歳　三月五日、奈津は本郷学校に入学したが、幼少のために続かず、同月三十一日に退学した。秋には私立吉川学校に入学した。こゝで、小学読本及び四書の素読を学んだ。十二月、則義は警視局傭となった。

*西南の役、「アンナ・カレーニナ」トルストイ、ルソー「民約論」服部徳訳。

一八七八年（明治十一年）七歳　六月、吉川学校下等小学第八級を卒業、この頃から両親の眼を盗んでは土蔵の中で草双紙などを読みふけり、近眼の原因ともなった。

*与謝野晶子生れる。自由民権論起る。

一八七九年（明治十二年）**八歳**　四月、くには松本万年の止敬学舎に入塾した。十月、ふじは農民新井喜兵衛の四男、久保木いせの養子長十郎と再婚した。

*翻訳文学隆昌の気運高まる。朝日新聞創刊、「人形の家」イプセン、「ナナ」ゾラ。

一八八〇年（明治十三年）**九歳**　則義は勤めながら金融や、土地家屋の差配をしていたから経済的に安定していた。

*「カラマーゾフの兄弟」ドフトエフスキー。

一八八一年（明治十四年）**十歳**　三月、則義は警視庁警視属になる。七月九日、下谷御徒町一丁目十四番地に移転、同月、次兄虎之助は品行が悪く、分家させられた。十月十四日、下谷御徒町三丁目三十三番地に移転した。十一月、私立青海学校に入学した。

一八八二年（明治十五年）**十一歳**　二月、次兄虎之助は陶工成瀬誠至の徒弟となった。

一八八三年（明治十六年）**十二歳**　十二月、青海学校小学高等科第四級を主席で卒業。母親の反対で、継続できず退学した。同月泉太郎が家督を相続した。

*朝鮮事変勃発、「新体詩抄」外山正一、井上哲次郎、矢田部良吉。「女の一生」モーパッサン

一八八四年（明治十七年）**十三歳**　一月から短期間、京橋新湊町に住む則義の知人和田重雄に和歌の通信教授をうけた。十月一日、下谷区上野西黒門町二十二番地に移転した。この年から家事を手伝い、松永正愛の妻のもとへ針仕事を習いに通った。

*「ハックルベリー・フインの冒険」マーク・トウェイン。

一八八五年（明治十八年）**十四歳**　松永正愛のところで、真下専之丞の妾腹の孫、渋谷三郎を知った。

*硯友社結成、「我楽多文庫」創刊、「当世書生気質」坪内逍遙「佳人之奇遇」柴四郎、女学雑誌創刊、「資本論」第二巻・マルクス、「ジェルミナール」ゾラ。

一八八六年（明治十九年）**十五歳**　八月、則義の知人遠田澄庵の紹介で、小石川安藤坂にあった中島歌子の萩之舎に入門。十二月くには英・数・和洋裁縫修業のため、敬愛学舎に入学。この頃、くには野々宮菊子を知った。

*「小公子」バーネット。

一八八七年（明治二十年）**十六歳**　一月十五日から「身のふ

る衣まきのいち」をつけはじめる。十二月、泉太郎、肺結核で死ぬ。

*徳富蘇峰の平民主義一世を風靡する。「国民之友」創刊、「浮雲」二葉亭四迷。

一八八八年（明治二十一年）**十七歳**　二月、家督を相続した。五月二十六日、芝高輪北町十九番地の虎之助のもとへ移転した。六月、家主松岡徳善を後だてに荷車請負業組合を設立した。神田錦町一丁目一番地に事務所を設置、九月九日、神田区表神保町二番地に転じた。

*三宅雪嶺政教社を結成、「日本人」発刊、「藪の鶯」田辺花圃、東京朝日新聞（めさまし新聞改題）創刊、「都の花」創刊。

一八八九年（明治二十二年）**十八歳**　二月、則義、事業に失敗、多額の借金を背負う。三月には神田区淡路町二丁目四番地に移った。五月、則義、病にたおれ、ついに、七月十二日、死去した。病床で、なつとの婚約を頼まれ、渋谷三郎は承知したが、則義死後は、没落した樋口家に出入りすることもなくなった。奈津は、渋谷三郎の婚約不履行に対して、自尊心を傷つけられたばかりでなく、他人に不信感を抱くようになった。九月四日、芝区西応寺町六十虎之助のところに移った。

*帝国憲法発布、皇室典範制定、新聞日本創刊・「露団々」幸田露伴、「二人比丘尼色懺悔」尾崎紅葉、「於母影」森鷗外、「風流仏」幸田露伴、「しがらみ草紙」創刊、「クロイツェル・ソナタ」トルストイ。

一八九〇年（明治二十三年）**十九歳**　四月、経済的に緊迫し、家庭内でいざこざが絶えなかった。勧業博覧会の売り子になろうとさえした。五月、中島歌子の萩之舎にひきとられ内弟子となった。（約五ヵ月留まる。）ここでは下女同様の扱いで、約束の教師の口も得られなかった。この頃、奈津は歌道に行き詰りを感じはじめていた。小説「無題六」は萩之舎住み込み中の執筆といわれている。九月末、本郷菊坂町七十番地に移ったが、この菊坂にいた時代に一葉として名をとどめるほどの素因がつくられた。生計は家族の針仕事や洗い張り等の賃仕事でたてられかなり苦しいものだった。

*国民新聞創刊、「舞姫」森鷗外、「伽羅枕」尾崎紅葉、「うたかたの記」森鷗外、「一口剣」幸田露伴、「小公子」若山賤子訳。

一八九一年（明治二十四年）**二十歳**　一月、小説家になる決意を固めた。「藪の鶯」を発表した田辺花圃に刺激され

「かれ尾花一もと」を書いた。四月、くにの知人野々宮きくの紹介で、朝日新聞の記者半井桃水を訪れた。七月はじめて上野図書館にいった。小説家になろうとする意気にもえ、修業のかたわら裁縫や洗い張りを続けた。

＊「三日月」村上浪六、「油地獄」「かくれんぼ」斎藤緑雨、「二人女房」尾崎紅葉、早稲田文学創刊、「五重塔」幸田露伴、坪内逍遙と森鷗外の没理想論争、「テス」ハーディ

一八九二年（明治二十五年）**二十一歳**　三月「武蔵野」創刊号に「闇桜」（三月十四日脱稿）を発表した。四月「武蔵野」第二号に「玉襷《たまだすき》」（三月二十七日脱稿）を発表した。同月、半井桃水の推薦により改進新聞に「別れ霜」（四月五日脱稿）を浅香のぬま子という名で連載した。五月、菊坂町六十九番地に転居した。六月、桃水との関係が騒がれだし、中島歌子のすすめもあって絶交するようになった。しかしそれによって、ますます桃水に対する思慕の情は高揚していった。このころ田辺花圃より「都の花」の執筆をすすめられた。七月、「武蔵野」第三号に「五月雨」（五月九日脱稿）を発表した。この号で「武蔵野」は廃刊した。八月、中島歌子より淑徳女学校推薦の話があった。九月、野尻理作より「甲陽新報」に小説の執筆をすすめられる。十月、「経つくえ」（八月六日脱稿）を春日野しか子の名で「甲陽新報」に連載した。同月、当時一流の文芸雑誌「都の花」の編集者藤本藤陰がはじめて訪れ「うもれ木」原稿料十一円七十五銭を手渡した。十一月、「うもれ木」（九月十五日脱稿）を「都の花」九十五号、九十六号、九十七号に連載、これを報告するため、神田三崎町に松濤軒を経営している桃水を訪ね、旧交をあたためた。十二月、星野天知、三宅花圃より「文学界」創刊号に掲載する原稿を依頼され、以後「文学界」に近づくようになった。

＊「武蔵野」発刊、但し三号のみで廃刊。「三人妻」尾崎紅葉、「水沫集」森鷗外、アンデルセン「即興詩人」森鷗外訳、ドフトエフスキー「罪と罰」内田魯庵訳。

一八九三年（明治二十六年）**二十二歳**　二月、「暁月夜」を「都の花」百一号に発表した。同月、桃水来訪、「胡砂吹く風」を贈られる。三月「文学界」同人平田禿木がはじめて訪れ、「文学界」の様子を聞いた。同月、「雪の日」（一月二十日脱稿）を「文学界」三号に発表。四月、内密のうちに桃水を訪ねた。桃水への愛情問題や、経済面での困窮、萩之舎を中心とする人々に対する憂鬱に悩んだ末、商売で生計をたて、小説、和歌を、かたわらでつくろうと考える

ようになった。身辺雑事に悩み、星野天知に、「文学界」の寄稿を断わったほどである。七月、通称大音寺前とよぶ下谷龍泉寺町に移った。八月、荒物と駄菓子を売る店を開いた。十月、図書館に行き、以後たび〳〵通った。この頃、数篇の小説を書いた。十二月、「琴の音」(十一月二十五日脱稿)を「文学界」十二号に発表した。

＊「文学界」創刊、「獺祭書屋俳話」正岡子規。

一八九四年(明治二十七年)**二十三歳**　一月同業者の出現で、商売は不振になった。星野天知はじめて訪れる。二月「花ごもり」(二月二十日脱稿)を「文学界」十四号に発表する。この月、占師久佐賀義孝を訪れ、秋月という偽名で身上相談をし、借金を申し込んだが成功しなかった。これを機として久佐賀と交際するようになった。中島歌子から歌塾を開くことを勧められ、三宅花圃が開くことを知った。四月、従兄幸作の入院により、生きることの意味をあせりとともに切迫した気持で考え続けた。同月、「文学界」同人の馬場孤蝶がはじめて訪れた。「文学界」同人の相次ぐ訪問や、同人雑誌への投稿で、一葉の文学に対する情熱や愛着がよみがえり、半井桃水を訪ねて小説に専念する気持を打ち明けた。この月、中島歌子を尋ね師範代となり月二円の手当を受ける約束も出来た。同月「花ごもり」後半(三月二十二日頃脱稿)を「文学界」十六号に発表した。五月一日、本郷区(現・文京区)丸山福山町四番地に移った。七月「やみ夜」を「文学界」十九号に発表した。同月、従兄幸作は死去した。八月、戸川秋骨と島崎藤村がはじめて来訪した。十二月「大つごもり」(十二月十八日頃脱稿)を「文学界」二十三号に投稿した。同月、久佐賀義孝に申し込んだ千円の借金に交換条件を求められ拒絶する。

＊北村透谷自殺、対清宣戦布告、「桐一葉」坪内逍遙。

一八九五年(明治二十八年)**二十四歳**　一月「たけくらべ」を「文学界」二十五号に発表した。同月、戸川残花がはじめて訪れ、「水沫集」を持ってきて、毎日新聞の執筆を依頼する。同月末、不知庵訳「罪と罰」を借りて読んだ。四月、「軒もる月」(三月末脱稿)を「毎日新聞」に発表。同月、桃水の紹介による大橋乙羽が来訪。同月、安井てつ(後、東京女子大学学長)等入門、和歌、和文を教授した。五月、「ゆく雲」(四月十二日頃脱稿)を「太陽」五号に発表。同月、上田敏、川上眉山、それぞれ来訪。六月、眉山は小説に専念するように勧めた。同月「経つくえ」を再び「文芸倶楽部」に掲載した。八月、「うつせみ」を「読売新聞」に発表した。（八月二十七日〜三十一日）九月、「にごりえ」（八月二日脱稿）を「文芸倶楽部」に発表、同月〜十月にかけて随筆「すゞろごと」を「読売新聞」に発表、十二月「やみ夜」と「十三夜」（九月十七日脱稿）を「文芸倶楽部」閨秀小説号に載せた。

＊観念小説、悲惨小説が流行する。「文芸倶楽部」創刊。「太陽」創刊。「帝国文学」創刊。「不言不語」尾崎紅葉、「大盃」川上眉山、日清講和条約調印、「夜行巡査」泉鏡花。

一八九六年（明治二十九年）**二十五歳**　一月「この子」（明治二十八年十二月二十二日脱稿）を「日本乃家庭」に発表、「わかれ道」（明治二十八年十二月二十一日頃脱稿）を「国民之友」に発表。同月三十日発行の「文学界」で「たけくらべ」完結。毎日新聞記者横山源之助・岡野正味はじめて来訪。二月、「裏紫」前半を「新文壇」に発表。「大つごもり」を「太陽」に再掲載。四月、「たけくらべ」を「文芸倶楽部」に再掲載。「めざまし草」の「三人冗談《さんにんじょうご》」で森鷗外、幸田露伴、斎藤緑雨に激賞をうけた。このころ咽喉がはれ肺結核の症状があらわれた。五月、「われから」（明治二十八年四月作）を「文芸倶楽部」に発表し、「すゞろごと」を改題した「あきあはせ」を「文学界」別巻である「うらわか草」に発表した。同月末斎藤緑雨はじめて訪れた。同月、「通俗書簡文」を博文館から「日用百科全書」中の一巻として出版。六月、「めさまし草」同人三木竹二が訪れ、「めさまし草」合評に加入するように勧めた。七月、幸田露伴、三木竹二に伴われてはじめて訪問した。「めさまし草」に合作小説の執筆を依頼した。しかし「めさまし草」に入会はしなかった。この頃から病床に伏し、日記中断する。八月、重態のため創作できず、「智徳会雑誌」には旧作の和歌を掲載した。駿河台、山竜堂病院にて樫村院長が絶望を宣言した。秋、斎藤緑雨の依頼によって森鷗外の紹介で青山胤通の診断をうけたが、結果は同じだった。十一月二十三日午前、奔馬性結核のため死去した。

＊「めさまし草」創刊、「多情多恨」尾崎紅葉、「うらわか草」創刊、「今戸心中」広津柳浪、詩歌集「東西南北」与謝野鉄幹、「照葉狂言」泉鏡花、「片恋」二葉亭四迷訳。

参考文献　単行本

樋口一葉論　湯地孝　至文堂　大15・10
樋口一葉　今井邦子　万里閣　昭15・7
樋口一葉　和田芳恵　十字屋書店　昭16・10
樋口一葉研究（「樋口一葉全集」別巻）和田芳恵編　新世社　昭17・4
評伝　樋口一葉　板垣直子　桃蹊書房　昭17・8
一葉に与えた手紙　樋口悦編　今日の問題社　昭18・1
樋口一葉の日記　和田芳恵　今日の問題社　昭18・9
（昭22・7　隅田書房再刊）
一葉と時雨　生田花世　潮文閣　昭18・10
たけくらべと樋口一葉　阿部喜三男　学友社　昭21・11
樋口一葉　熊田国夫　成城国文学会　昭24・2
樋口一葉ものがたり　真下五一　宝雲舎　昭24・3
一葉の憶ひ出　田辺夏子　潮鳴会　昭25・1
十三夜　一葉の人と作品
ダイジェスト・シリイズ刊行会編　ジープ社　昭25・6
樋口一葉　持丸良雄（「偉人物語」）偕成社　昭25・12
樋口一葉　榊原美文　福村書店　昭27・4
樋口一葉（一時間文庫）和田芳恵　新潮社　昭29・7
樋口一葉（「日本文学アルバム」）和田芳恵編　筑摩書房　昭29・9
樋口一葉（「世界伝記全集9」）和田芳恵　講談社　昭29・12
一葉全集　第七巻（「研究・資料」）塩田良平・和田芳恵編　筑摩書房　昭31・6
一葉の日記　和田芳恵　筑摩書房　昭31・6
樋口一葉研究　塩田良平　中央公論社　昭31・10
樋口一葉研究　吉田精一編（「作家研究叢書」）新潮社　昭31・10
樋口一葉　和田芳恵　角川文庫　昭32・7
評解　たけくらべ・にごりえ

樋口一葉　塩田良平　山田書院　昭33・5
　和田芳恵編（「近代文学鑑賞講座」第三巻）角川書店　昭33・11
評伝樋口一葉　村松定孝　実業之日本社　昭34・9
樋口一葉　塩田良平　吉川弘文館　昭35・7
樋口一葉の人と作品　和田芳恵編　学習研究社　昭39・6
明治女流作家論（「樋口一葉」）塩田良平　寧楽書房　昭40・6

雑誌特集

明治大正文学研究　一九号　東京堂　昭31・4
　一葉と晶子特集
国文学　学燈社　昭32・11
　樋口一葉の綜合探求

さくいん

【作品】

【人名】

—完—

-H-

樋口一葉《ひぐちいちよう》■人と作品　　定価はカバーに表示

1966年５月10日　第１刷発行©
2016年８月30日　新装版第１刷発行©
2017年１月20日　新装版第２刷発行

・著　者　……………………福田清人《ふくだきよと》／小野芙紗子《おのふさこ》
・発行者　………………………………渡部　哲治
・印刷所　……………………法規書籍印刷株式会社
・発行所　……………………株式会社　清水書院

〒102-0072　東京都千代田区飯田橋3-11-6
Tel・03(5213)7151～7
振替口座・00130-3-5283
http://www.shimizushoin.co.jp

検印省略
落丁本・乱丁本は
おとりかえします。

CenturyBooks

Printed in Japan
ISBN978-4-389-40105-4

Century Books

清水書院の〝センチュリーブックス〟発刊のことば

近年の科学技術の発達は、まことに目覚ましいものがあります。月世界への旅行も、近い将来のこととして、夢ではなくなりました。しかし、一方、人間性は疎外され、文化も、商品化されようとしていることも、否定できません。

いま、人間性の回復をはかり、先人の遺した偉大な文化を継承して、高貴な精神の城を守り、明日への創造に資することは、今世紀に生きる私たちの、重大な責務であると信じます。

私たちがここに、「センチュリーブックス」を刊行いたしますのは、人間形成期にある学生・生徒の諸君、職場にある若い世代に精神の糧を提供し、この責任の一端を果たしたいためであります。

ここに読者諸氏の豊かな人間性を讃えつつご愛読を願います。

一九六七年

SHIMIZU SHOIN